集英社オレンジ文庫

わたしのお人形

怪奇短篇集

瀬川貴次

JN020511

もくじ

海の香り

水平線と平行にのびた堤防の先端に立ち、七海《ななみ》は海風に吹かれていた。白いリボンがついたお気に入りの麦わら帽子を風に攫《さら》われまいと、つばはちゃんと手で押さえている。

名前に海の字がついているのに、七海は海辺に来たことがほんの数えるほどしかない。住まいの周辺には背の高いマンションが建ち並び、空も狭い。物珍しさから、彼女は広々とした青い空と、空よりずっと青い海に見入っていた。

(最後に家族で海に来たのって、いつだっけ。わたしが小学二年生くらいのときかな)

だとしたら、ほんの三年前だが、十一歳の七海にはずいぶんと大昔のように感じられた。実際、その三年の間にいろいろあった。両親が離婚して、母親は幼い弟だけを引き取り、七海は父親とふたりで暮らすようになったのだ。

最初の一年間こそ、母親とは毎月、会っていたが、それも次第に間隔が空《あ》くようになり、今年はまだ一回しか、顔合わせをしていない。電話やメールでの遣《や》り取りはちゃんと続いているから、不平不満を口にするのはまだ早いかと七海もこらえているが、不安がまったくないわけではなかった。夏休みが近づいてきているのに、母親がこちらの予定を全然聞いてこないのだ。

——もう、長女《わたし》のことなんか忘れたのかな？　そんなことない。仕事と弟の世話で、きっといっぱいいっぱいなんだ。ここで文句をつけたりしたら、かえってお母さんに嫌われちゃう。我慢しなきゃ。我慢、我慢を……。

父親も娘のそんな気持ちを察したのだろう。唐突に「海、行くか」と言い出した。

「何よ、突然」

「あー、海辺の温泉旅館、おふたりさま宿泊の優待券が手に入ったんだ。せっかくだから、行こう行こう」

「えええ、お父さんと温泉？」

「そんな顔するなよ。ほらほら、これがその優待券だ。食事、なかなか豪華らしいぞ。なんたって舟盛りの刺身がつくんだからな」

職場の同僚から、期限切れ間近の優待券を譲ってもらったというのである。温泉や舟盛りの刺身などには、七海も特に心惹《ひ》かれなかったが、ちょうど落ちこんでいたときでもあり、「しょうがないなぁ」とぼやきつつ、父親とのプチ旅行に同意したのだった。

初夏の土曜日、車で三時間近くかけて現地に到着。宿でチェックインだけ先に済ませると、父親はさっそく近くの堤防で釣りを始めた。釣り道具は、優待券をくれた職場の同僚からの借り物だった。

陽射《ひざ》しよけのキャップとサングラスを着用し、竿《さお》を握ると、俄然《がぜん》、釣り人らしくなったが、本当は完全なる初心者だ。当然、釣果《ちょうか》は思わしくなく、父親は腕組みをして仏頂面《ぶっちょうづら》で海を睨《にら》んでいる。

七海は堤防をぶらぶら歩き廻《まわ》るだけで満足していた。いっしょに釣りをしようと誘われもしたが、最初からやる気はなかった。むしろ、宿で刺身が出るのに、どうしてわざわざ釣りをしたがるのかと、内心あきれてさえいた。

「今日はきっと潮の流れが良くないんだな」

父親が負け惜しみを言ってすぐに、それまでぴくりともしなかった浮きが動いた。

「来たか！」

父親は大声をあげて竿を握りしめ、リールを全力で巻き始めた。大物がかかったのか、竿は大きくしなっている。七海も興味を惹かれ、堤防の端から父親のもとへと駆け戻る。

透明な水しぶきを大量に撥《は》ねあげて、四、五十センチはありそうな魚が釣りあがった。

「お父さん、すごい」

七海が歓声を放ったと同時に、父親はうわっと悲鳴をあげて尻餅《しりもち》をついた。やっと釣りあげた魚も、コンクリートの堤防の上にびしゃりと投げ出される。

七海も父に遅れて悲鳴をあげた。

「何、それ！」

びちびち、びちびちと、尾びれを激しく打ってのたうっている魚は、ひどく醜悪《しゅうあく》だった。流線型の身体の、腹は銀色で背中や尾びれは鯛《たい》のように赤い。胴に比べて不釣り合いに大きな頭部には、長い藻《も》のようなものが大量にまとわりついている。そのせいで、まるで長髪の人面魚――魚身《ぎょしん》に、鼻を削《そ》ぎ落とされた人間の顔がくっついているかのようだ。

ただでさえ不気味な人面魚が口をぱくぱくとあけ、大きな目をぎょろつかせて七海を見上げている。厚い下唇に釣り針が刺さっている。口の中に並ぶ歯は、小さいけれども、どれも鋭い。

「やだ、気持ち悪い、気持ち悪い。早く逃がしてやってよ」

父親も「お、おう」と応じて起きあがり、魚をつかもうとした。しかし、人面魚は激しく身をよじらせて父親の手を拒《こば》む。たまりかねた七海がしゃがみこみ、両手で魚身を押さえこんだ。

「早く針をはずして」

「わかった、わかった」

不器用な父親が針をはずそうと悪戦苦闘している間、七海は人面魚を押さえこんだまま、顔を背《そむ》けていた。気持ちが悪くて、とても直視できない。それでも、ぎょろ目の視線を感じずにはいられなかった。

「じっとして。お願いだから、じっとして。助けてあげようとしているんだから」

七海がそうくり返しているうちに、心なしか掌《てのひら》に伝わる魚身の躍動もゆるやかになった。単に弱っているだけだったのかもしれないが。

「取れたぞ！」

父がそう叫んだと同時に、釣り針から解放された人面魚が、ひときわ激しく撥ねた。驚いた七海が手を放したので、人面魚はジャンプした勢いのまま、堤防から海へと落ちていく。その直後にドボンと水音が響いた。

七海と父親は急いで海を覗《のぞ》きこんだが、小さな波が堤防に押し寄せているばかりで、もはや人面魚は影も形もなくなっていた。

「……逃がしちゃったな」

「いいのよ、そのほうが」

あんなものを釣りあげても、どうしようもない。むしろ逃げてくれてよかったと、七海は心底、ホッとしていた。

麦わら帽子がなくなっているのに気づいたのは、それからすぐだった。あわててあたりを探し廻ったが麦わら帽子はみつからず、七海はがっくりと肩を落とした。

「すまん、七海……」

そうよ、お父さんがあんな気持ち悪い魚を釣りあげたせいで——と言いたかったが、七海はその言葉を呑みこみ、首を横に振った。

「いいよ。お父さんのせいじゃないし」

「でも、お気に入りだったろ?」

「それはそうだけど」

「あれ、お父さんが買ってやったんだものな」

「そうだっけ」

「そうだよ」

確かに代金を払ったのは父親だった。けれども、これがいいと選んでくれたのは母親だ。

——たまには、こういう女の子らしいものにしてみない? ほら、このリボン、かわいいじゃない。

母親にそう言われて、ものすごく気恥ずかしかったこと、それ以上にわくわくしたことを思い出す。そんな記憶も込みで、大切な帽子だったのだ。

「新しいの買ってやるから勘弁してくれな」

「いいのに」

「遠慮するなよ」

遠慮なんかじゃなくて——の言葉も、七海はきれいに呑みこんだ。

帽子も釣りもあきらめて、七海は父親とともに宿に戻った。宿は純和風建築の二階家だった。黒っぽい瓦《かわら》屋根にベンガラ色の壁。玄関の両脇に、屋号を筆文字で書いた大きな提灯《ちょうちん》が掲《かか》げられている。場所は辺鄙《へんぴ》なところだが、建物自体は趣《おもむき》があって申し分ない。

到着時に荷物を預けたものの、七海たちは部屋にはまだ通されていなかった。

「どうぞ、こちらです」

さっそく、くすんだ薄紅色の着物を着た年配の仲居が、七海と父親を八畳の和室へと案内してくれた。和モダンを意識した室内は襖《ふすま》が市松《いちまつ》模様で、広い窓からは海が見渡せた。

お食事は何時からにいたしましょう。朝食は夕食と同じ館内のレストランで、ビュッフェ形式となります。大浴場のご利用時間は——と、仲居がよどみなく館内の説明をしていく。聞き役は父親に任《まか》せ、七海は窓に張りついて外を眺めた。夕刻の海は堤防からの景色とはまた印象が違って興味深く、いくら見ても見飽きなかったのだ。

仲居が退室してから、父親が「食事前に風呂に入ってこないか？」と提案してきた。

「うん、どうしようかな……」

億劫《おっくう》がって、どっちつかずの返事をしていると、

「失礼いたします」

しっとりと落ち着いた声がして、出入り口の襖があいた。部屋まで案内してくれた仲居とは違う、三十代後半ほどの仲居が顔を出す。

髪は後ろで団子《だんご》にまとめて、切れ長の目にぽってりとした唇の古風な顔立ち。色白なせいか、能面を連想させなくもない。ただし、冷たい印象はなく、彼女は七海たちににっこりと微笑みかけてきた。

「間違っていたらすみません。こちらの麦わら帽子は、お嬢さまの落とし物でしょうか」

そう言って彼女が差し出したのは、七海のお気に入りの麦わら帽子だった。

あ、と声をあげるや、七海は窓辺から仲居のもとへと跳んでいき、麦わら帽子を受け取った。

「……ありがとう」

自分のつぶやきが素《そ》っ気《け》なく聞こえて、七海は戸惑《とまど》ったが、仲居は気にせず、にこにこしている。

彼女が身にまとった着物は、先ほどの年配の仲居と同じものだった。なのに、所作《しょさ》の差だろうか、あちらには欠けていた品のよさが香り立つ。頰《ほお》はふっくらとしてきめ細かく、七海は自分の日焼けした手足が恥ずかしくなってきた。

「よかったですわ。では、どうぞ、ごゆっくり」

慎《つつ》ましやかに一礼し、仲居が去っていく。父親が「帽子、みつかってよかったな」と言った。

うん、と小声で応《こた》えてうなずいた拍子《ひょうし》に、七海の鼻先が麦わら帽子のつばをかすめた。帽子には磯《いそ》のにおいが移っていた。

ひと息ついたところで浴衣《ゆかた》に着替え、七海は父親と大浴場に向かった。ふたり並んで長い廊下を歩いていると、宿の法被《はっぴ》を着た初老の従業員とすれ違った。むこうは七海たちに気づくや、ハッとした顔をして壁際《かべぎわ》に避け、深く頭を下げてくれた。

それだけならば、「丁寧《ていねい》な宿だな」で済んだだろう。しかし、七海はすれ違いざま、彼がそっとこちらを盗み見ているのに気づいた。その目は、何かおそろしげなものに相対《あいたい》しているかのごとき、おびえを孕《はら》んでいる。

奇異に感じて振り返ったときには、相手はすでに顔を伏せていた。表情は見えないが、両膝《ひざ》に置かれた骨張った手は小刻みに震えている。妙だとは思ったものの、父親はまったく気づいていない様子だったので、七海も何も言えなかった。

女湯のほうの大浴場は、七海以外、誰も入っていなかった。陽はまだ沈んでおらず、曇りガラスの大きな窓から夕刻の光が入ってくるので全然平気だったが、夜にここでひとりきりになるのはちょっと怖いかも、と思わなくもない。

旅館やホテルを舞台にした怪談は多い。七海も学校で同級生たちからそんな話を聞いたことがあった。いわく、ホテルの十数階の部屋で、はめ殺しの窓のむこうを落下していく自殺者の霊を目撃した。和風旅館に泊まって夜中に目を醒《さ》ますと、枕もとに白い着物を着た女のひとが正座して、こちらをじっと覗きこんでいた、などなど。

温かい湯気に包まれていながら、七海はぶるっと身を震わせた。

（いまのうちに髪、洗っておこう）

壁に沿って五つほど並んだ鏡の真ん中に陣取り、七海は乱暴に髪を洗い始めた。備え付けのシャンプーは泡立ちがよく、彼女の頭はたちまち泡まみれになった。香りも気に入り、これと同じものが宿の売店にあったら買って帰ろうと思っていると――ぴちょんと大きな水音が響き渡った。

驚いて振り返ったが誰もいない。視線を天井に向けると、シャンプーの泡がまぶたに覆《おお》いかぶさってきた。反射的に目をつぶろうとした寸前、天井《てんじょう》の隅に赤みを帯びた黒いもやが漂っているのが見えた。

急いで顔についた泡を洗い流し、再び天井を振り仰いだが、先ほどのもやはもう消えていた。温泉の湯気と天井の汚れをいっしょくたにして見間違えたのだと思うようにしても、気持ち悪さはぬぐえない。

七海は大急ぎで髪を洗い終え、湯にも十数秒、浸《つ》かっただけで飛び出した。脱衣所のドライヤーで髪を乾かしたかったのに、それも省略して大浴場から離れる。

部屋に戻ると、父親はまだ風呂から帰ってきていなかった。普段からカラスの行水並《ぎょうずい》みに入浴時間が短いので、父に部屋の鍵を預けていたのだが、今回に限って七海のほうが先に風呂からあがっていた。部屋に入れず、扉の前でまごついていると、七海の背後から声がかかった。

「どうかなさいました?」

どきりとして振り返ると、あの色白の仲居が後ろにたたずんでいた。

「鍵がなくて。お父さんが鍵を持って男湯に行ったまま、まだ帰ってなくて」

部屋に入れない旨《むね》を伝えると、彼女は帯の間からマスターキーを取り出し、魔法のような手際《てぎわ》であっさりと鍵をあけてくれた。

「ありがとう……」

「いえいえ。どういたしまして」

微笑む彼女から優しい香りがする。大浴場で使ったシャンプーとよく似たにおいだ。

「あの、シャンプー」

「はい？」

「大浴場に置いてあったシャンプー……、売店に売ってたりしますか？」

なんでもいいから、もう少し彼女と話をしていたかった。だからとはいえ、何を訊《き》いているんだろうと、七海は自分自身がじれったくなった。相手は変わらず微笑みつつ、

「ええ、売っていますよ。売店はこちらになります」

案内された宿の売店には、どこの土産物《みやげもの》店にも並んでいそうな箱入り饅頭《まんじゆう》や佃煮《つくだに》に交じって、青いプラスチックボトルに入ったシャンプーが数本、置かれていた。容器には漫画チックな海藻《かいそう》のイラストといっしょに〈海の香り〉と表記されている。

「じゃあ、いまお金を持ってきてないから、帰りにお父さんに買ってもらいますね」

「ありがとうございます」

仲居が七海に丁寧に頭を下げた拍子《ひょうし》に、そのむこうのレジに立つ、若い女性従業員の姿

が七海の目に入った。

着物ではなく、普段着にエプロンをつけている。どこか心配そうにこちらを盗み見ていて、七海と目が合うや、さっと顔を背《そむ》けた。まるで天敵におびえる小動物のような性急な彼女の動作に、七海はびっくりしてしまった。

「どうかされましたか?」

顔を上げた仲居に問われ、七海は「あ、いえ……」と口ごもった。仲居は小首を傾《かし》げ、後方のレジをゆっくりと振り返る。

途端にレジ係は真っ青になり、逃げるようにその場から離れた。彼女のスリッパがパタパタ鳴る音が、七海以外、客のいない売店に響く。

早足で駆け去るレジ係の後ろ姿を目で追いつつ、仲居が淡々とつぶやいた。

「ごめんなさいね。バイトさんが不調法《ぶちょうほう》で」

いいえ、と七海は言うしかなかった。彼女自身にもなぜだか不明だったが、腕には鳥肌がびっしりと立っていた。


夕食の時間となり、七海は父親と館内の和風レストランに向かった。案内された席には、すでに料理が並べられていた。刺身の舟盛りに小鉢《こばち》に天麩羅《てんぷら》、ひとり用の鍋と、品数も多い。中でも目を惹いたのは、ボイルされたズワイガニだった。

「あれ？　食事、違ってないか？　プランに舟盛りはついてたけど、ズワイガニはなかったはずだよ」

父親の疑問に、テーブルに案内してくれた初老の従業員——おびえたようにこちらを盗み見ていた彼だ——は、精いっぱい作ったような笑顔で応えた。

「どうぞ、お気になさらず召しあがってください。大切なお客さまへの特別サービスでございますから」

「本当に？　いいの？　じゃあ、遠慮なく」

父親は上機嫌でビールを注文し、カニを満喫《まんきつ》した。七海もコーラをもらって、カニにむしゃぶりつく。刺身もよかったが、降って湧いたカニのほうがお得感もあって断然おいしかった。

満腹になった上に酔いも廻った父親は、部屋に戻った途端、

「はあ、もう幸せ。眠い。露天風呂にも入りたかったけど、ちょっと無理」

そう言いながら、食事をしている間に敷かれていた布団《ふとん》にごろりと横になった。

「露天風呂？　そっか……」

大浴場には行ったが、露天風呂は入っていなかったなと思いながら、七海は宿のパンフレットを開いた。露天風呂は大浴場とはまた別に、庭園内に設置されているそうで、緑に囲まれた屋根付きの岩風呂の写真がそこに掲載されていた。大浴場で赤黒いもやを目撃したことが多少、ひっかかってはいたものの、これには七海も心が動いた。

「ねえ、お父さん」

振り返ると、父親はすでに口をあけて寝入っていた。

「もう。布団、ちゃんとかぶってよ」

掛け布団を父の身体の下から引きずり出して、上に掛けてやる。ううんとうなって、父親は寝返りを打った。

「わたし、ひとりで露天風呂に行ってくるからね」

返事はなかったが、七海はさっさと用意をして部屋をあとにした。

まだ九時前だし、露天風呂にほかのお客さんもいるかもしれないし。そう言い訳しながら、七海は館内の案内板を頼りに長い廊下を進んでいった。備え付けの草履《ぞうり》を履《は》いて、いったん庭に出て、緑の中の小道をたどり、ロッジ風の脱衣所へと向かう。女湯の脱衣所を覗くと、上がり口に草履が一足、きれいにそろえられていた。

自分のほかにも誰かいるとわかり、七海はホッとして脱衣所に入った。籐《とう》の籠《かご》が幾つも伏せられている棚にひとつだけ、使用中の籠があった。中には、きれいに折り畳まれた和服が入っている。

露天風呂を独り占めするのも悪くないが、いまは誰かいてくれたほうが心強い。入れ替わりにいなくなられる前にと、七海は大急ぎで服を脱ぎ、脱衣所を出た。

屋根付きの露天風呂は広く、先客は奥のほうで湯に浸かっていた。七海が風呂に入っていくと、先客が振り返った。――あの色白の仲居だった。

「あら、こんばんは」

「こんばんは……」

七海は小声でつぶやき、肩まで湯に浸かって自分の裸身を隠した。恥ずかしくはあったが、こんなところで彼女に思いがけず再会できたのは嬉しかった。風呂でひとりきりになるのを怖がっていたから、なおさらだ。

白い湯煙がゆるやかに虚空《こくう》を舞う。髪をアップにした仲居のうなじに、なだらかな肩に、汗がうっすらと浮いている。

ちらちらと彼女を横目でうかがいながら、七海は話題はないかと探してみた。何も思い浮かばず困っていると、むこうのほうから親しげに話しかけてきた。

「ここのお夕飯、どうでした？」

「おいしかったです」

返答が単純すぎる気がして、「カニが」と急いで付け加えた。

「それはよかったですわ」

仲居は右腕を大きく動かして湯をかき廻した。その動作で生じた温かい波が、優しい香りとともに七海の身体を包みこむ。

「これって……」

「これって?」

「シャンプーのにおい?」

それもよくある市販のシャンプーではなく、大浴場に置かれていた青いボトルの〈海の香り〉シャンプーだ。

仲居は否定も肯定《こうてい》もせずに、ただ微笑んでいる。化粧をすっかり落としても、彼女は色白だった。口紅をさしていたときは気づかなかったが、人工的な赤みが消えたその唇には、針で突いたような小さな傷痕《きずあと》が残っている。堤防で釣りあげた人面魚も、ちょうどそのあたりに釣り針が刺さってもがいていた。

「それって……」

「それって?」

「まだ痛い？」

どうしてそんな質問をしたのか、七海自身もわかっていなかった。

仲居は応える代わりに、すうっと近づいてきた。シャンプーの香りが、よりはっきりと七海の鼻腔《びこう》をくすぐる。と、同時に思った。

（これ、シャンプーじゃなかったかも）

昼間の堤防で海風に吹かれていたときに感じたにおい、戻ってきた麦わら帽子に染《し》みついていたにおい、本物の〈海の香り〉だ。

七海は気持ちが凪《な》いでいくのを感じて、目を閉じた。海から離れた街で暮らす七海にとっては、馴染《なじ》みの薄いにおいのはずだった。なのに、なぜか懐《なつ》かしい。どうして懐かしいのだろうとつらつら考え、唐突に閃《ひらめ》く。

（お母さんのにおいに似てる……？）

そんなはずはなかった。母親は海のない県の出身で、趣味もインドア派、海とはほとんど無縁と言ってもよかったのだ。七海の名前をつけてくれたのは父親で、それも海賊映画にハマっていたからに過ぎない。

戸惑う七海の肩に、やわらかな手が廻されてきた。あ、と思った次の瞬間には、七海は相手のふくよかな胸にいだかれていた。

間近から見下ろす仲居と視線が合う。相手の目は魚類のそれのように丸く、ぎょろぎょろと動いていた。アップにまとめられていた髪はいつの間にかほどけ、ぐっしょりと濡れて肩に流れ落ちている。針で突かれた傷痕のある口は、明らかに以前よりも大きい。

なのに、七海はなんの不思議もおぼえず、おずおずと自分から彼女の胸に頭を寄せていった。

（お母さん……）

心の中のつぶやきが通じたかのように、相手もそっと抱擁《ほうよう》してくれた。接した柔肌《やわはだ》から伝わってくる心臓の鼓動は、絶え間なく打ち寄せてくる波のようだ。

安らぐ七海のすぐ頭上で、ぎちぎちと奇妙な音が響く。それは、異様に鋭い小さな歯を、細かく嚙み鳴らしている音だった。

廃団地探検隊

あれは八年前。ぼくが小学五年生で、一学期が終わった七月の夜のことだった。

学校から拝領してきた成績表は芳《かんば》しくなく、夕食の間、ぼくはずっとそのことで父親に責められ続けた。母は黙って、父の酒のつまみを作っていた。楽しい晩餐《ばんさん》とはとても言えやしない。酔った父が早めに潰《つぶ》れて横になってくれたのが、不幸中の幸いだった。

母が台所で黙々と皿を洗っている間に、ぼくはこっそりと家を出た。文字通り、家出をしてやるつもりで。

まだ夜の八時にもなっていなかったと思う。それでも、田舎《いなか》だったから外はもう真っ暗で、真昼の熱気の代わりに涼しい夜風が吹いていた。気持ちがいいなと感じたぼくは、そのままぷらぷらと歩き出した。行き先は特に決めていなかった。

――むしろ、どこに行ったらよかったのやら。

とりあえず、静かな住宅街を通り過ぎて、大きな鉄橋を渡って、川沿いに続く国道に出た。歩道もなく、白いラインが舗装《ほそう》道路に引かれているだけ。そのすぐ横を、大型トラックが何台も行き来していた。ただ歩いているだけでも、危ないな、怖いなと感じるような道路だ。実際、死者が出るような交通事故が、昔からときどき起きていたらしい。

一度、このずっと先に住む友達の家に行くために自転車で通ったことがあったが、いつトラックに轢《ひ》かれるかとドキドキしていた。早くここを通り抜けようと、必死にペダルを漕《こ》いだのをおぼえている。

あのときは昼だった。夜はまた感じが違う。もっと危険な上に、不気味だった。

国道沿いはただでさえ民家が少なく、あたりは雑木《ぞうき》林に覆《おお》われた小高い丘陵《きゆうりよう》に囲まれていた。まばらな電灯が投げかけるオレンジ色の光は、夜の暗さを逆に強調するだけで、道の果てには実は何もないいんじゃないかと疑いたくなってくる。

そう……。すぐ横を駆け抜けていく何台ものトラックは、土砂《どしや》だとか、そういうありきたりのものじゃなく、たくさんの骨――もちろん人骨だ――を積んでいるんじゃないか。カーブの先には別の世界が広がっていて、そこでは骨を齧《かじ》りたくてうずうずしているバケモノたちが、いまかいまかとトラックの到着を待ちわびているんじゃないか……。

自分自身の想像に、小学生だったぼくはぶるっと身震いした。

すっかり怖じ気《おけ》づいたぼくは、これ以上、先に進むのはやめようと、Uターンしてもと来た道を戻り始めた。それでも、家に帰る踏ん切りまではつかずに、途中、道路脇の小さな空き地で立ち止まってひと息ついた。空き地には自動販売機が一台だけ置かれてあって、そこだけがぽっかりと明るかったのだ。

自販機の明かりの中で、改めて、どこに行こうかと考えてみた。友達の家に押しかけようにも、迷惑がられそうで気が進まない。歩いていける範囲に親戚はいない。学校にもぐりこもうかとも考えたが、夜の校舎にひとりで行くことのほうがよっぽど怖い……。

どうしたらいいか決めかねていると、明るい緑色の軽自動車が国道を走ってきた。アマガエルみたいな色だなと思っていると、その軽自動車がぼくのいる空き地に進入してくる。ぼくはあわてて自販機の陰に隠れた。

軽自動車には、二十代前半くらいの男たちが三人、乗っていた。

運転手はもじゃもじゃのクセっ毛で、どこにでも売っていそうなカーキ色のTシャツとジーンズを身につけていた。助手席には、やっぱりどこにでも売っていそうなチェックのシャツを着た、四角い顔の少し厳《いか》つい感じのお兄さんが。後部座席には、白縁《しろぶち》メガネをかけてストライプのポロシャツを着た、いかにもチャラそうなやつがすわっていた。

もじゃもじゃ頭の運転手が車から降りてきて、ちょっと変わったイントネーションでぼくに話しかけてきた。

「どした。ひとりか？」

隠れていたはずなのに、あっさりみつかって、ぼくが何も応《こた》えられずにいると、助手席の四角い顔が低い声で言った。

「小学生だろ。三年？　四年生か？　どっちにしろ、陽《ひ》が暮れてから、こんなところにひとりでいると危ないぞ」

「家出少年だったりして」

白縁メガネの言葉に、ぼくはビクリと反応してしまった。

「あれれ？　当たった？」

白縁メガネが前歯を見せてケラケラと笑った。

「そっか。夏休みに入る頃だもんな。通信簿の成績が振るわなくって、親にこっぴどく叱《しか》られたとか、そういうところだろ」

そういうところどころか、ドンピシャの大当たりだった。ぼくは困ってしまってうつむき、自分の汚れたスニーカーの爪先《つまさき》をじっと睨《にら》みつけた。

もしかしたら警察に引き渡されるかもしれない。そんな大ごとになる前に、この場から走って逃げようかと迷っていると、

「じゃあさ、おれたちこれから探検に行くんだけど、ついてくる？」

どうして「じゃあさ」なのか、不明だったが、もじゃもじゃ頭がそう提案してきた。ぼくはびっくりして、指先でピンと弾《はじ》かれたみたいに勢いよく顔を上げた。

「探検って？」

「別名、肝試《きもだめ》しともいうかな」

「肝試し？　肝試しに行くところだったの？」

「ああ、そだよ」

肝試しだなんて、そんな子供っぽいことを、ぼくよりずっと年上のひとたちが三人がかりでやろうとしているなんて、正直、驚いた。

もしかして、大きいのは外側だけで、このひとたち、中身は大してぼくと変わらないいんじゃないか――そう思った瞬間、知らない大人と話している居心地の悪さがどこかに吹き飛んだ。代わって、妙にわくわくしてきたんだ。

「探検って、どこまで行くの」

「この先の、山の斜面におっきな団地があるの知ってるか？　もう誰も住んでない廃団地。そこだよ、そこ」

あの団地にはもう誰も住んでいないいんじゃないかしら――そんな会話を、ずいぶん前にどこかで聞いた気がしなくもなかった。もしかしたら母親が誰かと立ち話でもしていたの

を、横で聞いていたのかもしれない。でも、お化けが出るとか、そういう話にはならなかったはずで、

「本当に出るの？　そこの団地」

ぼくが疑わしげに尋《たず》ねると、もじゃ頭がおどけたふうに両手を上下に振って、

「らしいぞぉ」

と、わざとらしい声を出した。

お化け屋敷のアルバイトみたいな下手《へた》くそな動きのおかげで、「怖い」という気持ちが薄れ、「面白そう」がぼくの中でますます膨《ふく》れあがった。ただの廃墟でも廃屋でも空き家でもなく、廃団地という響きがかっこいいとさえ思えたんだ。それにこのチャンスを逃したら、廃団地の中に入るなんて機会、絶対にめぐってこないのはわかりきっていた。

「ぼくも行きたい」

助手席の四角い顔が太い眉をひそめ、「おい」と、もじゃ頭に不機嫌そうに声をかけた。

後部座席の白縁メガネが、

「いいんじゃないの？　だって、小学生、こんなところに独りにしておけないじゃん」

と、意外に真っ当なことを言ってくれた。四角い顔はそれでも納得できない様子で、

「誘拐犯と間違われたらどうする」

「そんなんじゃないって、この子がちゃんと説明してくれるんじゃね？　優しいお兄さんたちが、ひとりでいるぼくを心配してドライブに誘ってくれたんですぅ、って」

白縁メガネの意見に賛成して、ぼくは何度も頭を縦《たて》に振った。

ファイナルアンサーを求めて、もじゃ頭がぼくに訊《き》いた。

「どうしたい、坊主」

坊主呼びはどうなんだろうと思いながらも、ぼくははっきりと言ってやった。

「いっしょに行きたい。その、廃団地に」

「じゃあ、決まりだな」

もじゃ頭はぼくの背中を軽く叩《たた》いて、軽自動車のほうへ押しやった。ぼくはそのまま後部座席に乗りこみ、白メガネの隣にすわった。

「で、何を飲みたい？」

もじゃ頭が訊き、四角い顔がむっつりと、「コーヒー。ブラック」

白縁メガネが「右に同じぃ」と陽気に応える。

「坊主は？」

もじゃ頭に訊かれて、本当は炭酸系が欲しかったのに、なんとなく背のびして「コーヒー」と応えた。

あいよ、との声に、自販機にコインを入れる音、ガシャンガシャンと缶コーヒーが吐き出されてくる音が続く。三本のブラックコーヒー。どれも同じ銘柄《めいがら》。ぼくに渡されたのは甘めのカフェオレだった。

「知ってるか、坊主。カフェインには魔よけの効果があるんだぞ」

そんな嘘をつきながら、もじゃ頭が運転席に乗りこみ、シートベルトを締めた。

「違うよ。利尿《りにょう》作用があるんだよ。この間、お母さんが観《み》ていたテレビの健康番組でそんなことを言ってた。でも、飲み過ぎもよくないから、一日三杯ぐらいがいいんだって」

「おっ、物知りだな。なんか、天才少年を拾ったみたいじゃね？」

白縁メガネが茶化し、四角い顔が糞真面目《くそまじめ》に、

「天才なら成績が原因で家出しないだろ」

哀《かな》しい現実を突きつけられ、ぼくはカフェオレの缶を両手で握りしめ、口を尖《とが》らせた。もじゃ頭が「いいじゃない、いいじゃない」と歌うように言いながら、アマガエル色の軽自動車を発進させた。

車のヘッドライトを反射して、車道のセンターラインとガードレールが白く光っていた。ほかは真っ暗な闇に包まれている。

移動中に、彼らはそれぞれ自己紹介をしてくれたけれど、三人いっぺんに名乗られたせ

いか、残念ながら、ぼくは名前をひとつもおぼえられなかった。それでも特に不便だとは感じなかった。呼びかけるときは全部「お兄さん」で済ませ、心の中ではそれぞれに〈もじゃ〉〈四角顔〉〈白メガネ〉と勝手に命名していたからだ。

軽自動車は国道をひた走り、やがて隣の市に入っていった。近くてもこっちのほうへは特に来る用事もなく、全然ぼくの知らないルートだった。

「さびれてんなぁ」

「ここらへんはどこもそうさ」

「だからって、コンビニくらいはあってもいいんじゃね?」

三人がそんなことを話していると、遥《はる》か前方にアーケード街らしきものが突然、現れた。昭和の雰囲気が色濃く漂うアーチ状の入り口には、〇〇商店街と大きな看板が掲《かか》げられ、明かりも煌々《こうこう》とついている。

「あの中ならコンビニもあるかな」

「何か買いたいものがあるのか?」

四角顔の問いに、もじゃが答えた。

「あるよ。ひとり増えたんだから、懐中電灯、買い足しておきたいじゃんよ」

ぼくのためにわざわざコンビニを探していたんだと知って、少しびっくりしたし、嬉しくもなった。四角顔は愛想も糞もないし、白メガネはチャラすぎてどこか信用できないけれど、もじゃはいいひとなんだと証明されたように思ったんだ。やっぱり、探検のメンバーに必要なものは信頼で、たったひとりきりだとしても信頼できる相手がいるのは、ものすごく心強かった。

軽自動車をアーケードの入り口脇に停《と》めて三人は車を降り、ぼくも彼らについていくことにした。車にひとりで残されるのが怖かったからじゃない。商店街の中がどんなふうになっているか、興味があったんだ。

やっと八時になったくらいだったと思う。けれども、田舎の店は閉店時間が早い。商店街の両側は下りたシャッターが延々と続くばかりで、あいている店は一軒もなく、ひと通りも全然ない。だからだろう、アーケード内を照らす明かりも、妙に寒々しく感じられた。

理容店の前に置かれた円筒状のサインポール――あの白と赤と青がくるくる廻《まわ》るやつ――は、動きを止めていただけじゃなく、全体にほこりをかぶっていた。通路を抜けていく風が色褪《あ》せた『絶品ランチ』の幟《のぼり》をはためかせ、丸まった紙ゴミが路上を転がっていく。昼間でもにぎわっていないのが想像つく。いわゆるシャッター商店街だ。

「ううう。なんか、気味悪いな」

白メガネがそう言いながら、自分の両腕を大袈裟《おおげさ》にこすった。これから廃団地に行こうっていうのにこの程度で怖がってどうするんだと、ぼくは内心、白メガネを馬鹿にしていた。

でも、本当は白メガネと気持ちはいっしょだった。誰もいないはずなのに、視線を感じてしまって薄気味悪いったらなかった。商店の二階の窓から、建物と建物の細い隙間《すきま》から、誰かが——もしくは人間じゃない何かが、こちらをじっと観察している気がしたのだ。

早く車に戻りたくて、ぼくはもじゃに言った。

「コンビニ、ここにはないんじゃないかな」

もじゃは顎《あご》をさすりながら、うーんとつぶやいた。

「それっぽいねえ。けど、念のため、もう少し先まで行ってみようか」

がっかりしたぼくの顔を、四角顔が探るように横から覗《のぞ》きこんだ。

「ひょっとして怖いのか、坊主」

そうだなんて言いたくなくて、口を真一文字《まいちもんじ》に結んで黙っていると、突然、ガシャンガシャンと乱暴な音が商店街に響き渡った。

数軒先の商店のシャッターが激しく叩かれている音だった。黒のスプレーでアルファベットの落書きがされたシャッターは、内側からサンドバッグ並みに連打されて大きく波打っている。

四角顔が警戒心も露《あら》わに鋭く言った。

「誰かいるぞ」

白メガネは音の激しさに完全にビビっている。ぼくも、白メガネほどではないけれど、ビビって固まっていた。なのに、もじゃは、

「すみません、あのぅ」

ちょっと間延びした感じで、揺れるシャッターに声をかけた。

「このあたりにコンビニはありませんかね」

シャッターを叩く音が唐突に止まった。もじゃが続ける。

「それか、懐中電灯を売っているお店があるといいんですけど」

返事はない。シャッターが微《かす》かに揺れているだけだ。

返答が来ないのを否定と受け取り、

「ないみたいだねえ」

と、もじゃが両手を広げて首をすくめる。

四角顔は警戒を解かずに、「車に戻ろう」ともじゃを促《うなが》した。

「そだね」

ありがたいことに、もじゃは四角顔の言葉に素直に従い、商店街の入り口に向けて歩き

出した。ぼくと白メガネは同時にホッと息をついて、もじゃたちのあとに続いた。

先を行くふたりの背中だけをみつめて、ほかには視線を向けないよう、注意していた。なのに、店と店との細い隙間にチラッと黒い影が動いたのを、ぼくは一瞬、見てしまった。びくっとしたけれど、気づかなかったふりをして歩き続けた。第一、そこはひとが入りこめるような隙間じゃない。きっと、ネズミか何かだったんだろう。本当にそうだとしたら、一六〇センチ以上はある大ネズミだったわけだが。

理容店の前を通りかかると、行きは完全に動きを止めていたサインポールが、ゆっくりと回転を始め、すぐに止まった。

「きっと壊れてるんだよね」

ぼくが言うと白メガネが、「はいはい、子供は見ちゃいけません」

そんな、意味の通らない返事をして、速く歩くようにぼくを急《せ》かした。

小学生のぼくは白メガネの対応が不満だったけれど、いまにしてみれば、あれで正解だったと思う。サインポールに下手《へた》に興味を持ち、そこで足を止めていたら――理容店の中から、剃刀《かみそり》を手にしたイカレ店主が突然現れ、ぼくらに襲いかかっていた可能性だってあったんだから。

ぼくたちは無事に商店街を抜け、アマガエル色の軽自動車にたどり着いた。再び夜道を走っていく間、ぼくは後部座席で甘いカフェオレの残りを全部、飲み干し、自分自身に気合いを入れていた。

(怖くない、怖くない。探検はまだ始まってもいないんだ。さびれた商店街のシャッターやネズミの影なんかにビクついていてどうする?)

延々と続くアスファルトの路面を、車のライトがハイビームで照らしていた光景は、いまも忘れられない。

国道からそれて脇の上り道に入ると、対向車も後続車も一切なくなった。急カーブが多くなって、ぼくは何度も左右に揺さぶられ、その都度、白メガネに身体をぶつけた。白メガネは「うひょう」とか「うはぁ」とか奇声をあげても、ぼくへの文句は一度も口にしなかった。

「目的地が見えてきたぞぉ」

もじゃが嬉しげに言う。白メガネが歓声をあげる。四角顔でさえ、ははと声に出して笑った。ぼくは車窓に顔をくっつけて目的地を仰ぎ見た。

上り坂のずっと上、木々で囲まれた山の斜面に、鉄筋コンクリートの四角い建物が何棟《なんとう》も並んでいた。まるで山に突き刺さった巨大な墓石群みたいだった。

その大きさと不気味な存在感に圧倒されまくって、「おおぉ……」とぼくは小さくうなった。

いったい、ここはいつから、ひとが住まなくなったんだろう。そもそも建てられたのはいつで、何人くらいが住んでいたんだろう。みんな、どんな暮らしをしていたんだろう。

そんな想像をしているうちに軽自動車はぐねぐねのカーブをのぼりきって、廃団地に到着した。

アマガエル色の軽自動車は、団地の住人用の駐車場に停められた。ほかに車は一台も見当たらない。駐車場は小石だらけで、ひび割れた舗装の間から雑草が勢いよく茂っていた。

たった一本だけ、外灯に明かりがついていて、薄茶色の蛾《が》が二、三匹、光に集まっていた。その真下には古い電話ボックス。一瞬、ボックスの中に誰かいるような気がして、ぼくはドキリとした。

もちろん、ただの勘違いだった。いまどき、公衆電話なんて誰も使わないし、第一、ボックス内の電話機は受話器が引きちぎられていて、とても使える状態なんかじゃなかった。

気を取り直して見上げた団地の窓は、どれも油性マジックで塗り潰したみたいに真っ黒だった。ガラスが割れている部屋も少なくない。本当に誰も住んでいないらしく、こんな大きな無人の建物が壊されもせずに残っているなんて、なんだかとても奇妙な気がした。

それなりの理由があって、この団地はそのままにされているのかも。

もしかしたら、この四角くて大きな建物は、ものすごく危険な別の世界とこちら側とを仕切っている壁なんじゃないだろうか――

そんな想像が、ぼくの頭にむくむくと湧き起こってきた。

団地が壊されたら、仕切りの壁がなくなって、むこう側から得体《えたい》の知れないバケモノどもがいっせいにこっちに雪崩《なだ》れこんでくる。だから、あえてこのままの形で団地は長年、放置されているとか――

怖いと同時に心躍《おど》る想像に、長くはひたっていられなかった。

「さて、行こうか」

もじゃが懐中電灯を一本ずつ、仲間に渡していく。ぼくの分は調達できなかったので、もじゃにぴったりくっついていくことにした。変な想像のおかげで団地の中に入るのが怖くなっていたけれども、車にひとりで置いてけぼりにされるのも厭《いや》だったんだ。

団地の入り口のガラス戸は、引き手にチェーンが幾重《いくえ》も巻かれて封鎖されてあった。けれども、何者かの手によって下半分のガラスがきれいに取り除かれていて、そこから出入りが可能だった。

中は案の定《じょう》、荒れていた。床は瓦礫《がれき》だらけ、壁は落書きだらけで、ところどころにひびが入ったり、塗装が剥《は》がれ落ちていたり。天井板《てんじょういた》もところどころ落ちて、四角い穴がぽっかりと口をあけていた。ほこりっぽいし、黴臭《かびくさ》い。アレルギー持ちのぼくは、歩いているだけで鼻がむずむずしてきた。いま思い出しただけでも、くしゃみが出そうになってくる。

先頭を行く白メガネが、あちこち懐中電灯で照らしながらふざけた調子で言った。

「ここはなぁ、何号室かは伝わってないんだけど、四階にとびきりヤバい部屋があるらしいのよ」

どうヤバいのとぼくが尋ねる前に、四角顔が真面目くさった口調で訊いた。

「どうヤバいんだ」

「なんか、自殺が続いたんだってさ」

「四階だと、飛び降りたところで必ずしも死ぬとは限らないはずだぞ」

「それこそ飛び降りだと限らなくない？　首吊りとか、リストカットとかかもよ」

首吊りと言いながら、白メガネは自分の首に手を当て、リストカットと言いながら、手首を切る真似をする。やること全部が軽かった。

そんな不真面目な態度でいて、廃団地にひそむ何かを怒らせはしないかと、ぼくは内心、ハラハラしていた。もし何か起きたら、白メガネを置いて逃げるしかあるまいと、本気で考えた。海外のホラー映画でも、こういう軽いやつが真っ先に血祭りにあげられるし、これはもう、お約束みたいなものだからと、自分のための言い訳まで用意して。

「じゃ、四階に行ってみよか」

もじゃがコンビニに行くみたいな口ぶりで行き先を決めて、階段をのぼり始めた。

エレベーターはあったけれど、どうせ動かないだろうから歩いていくしかない。たとえ通電してあったとしても、ここでエレベーターに乗りたいとは思わなかった。どうせ途中停止して、真っ暗な中に閉じこめられるとか、最悪、扉に挟まれて身体が真っぷたつになるとか、そういう展開になるに決まっていたからだ。

そういうのもホラー映画のお約束だった。こうしてみると、知らないうちにいろんなことを映画から学んでいたみたいだ。その点は、ホラー映画好きの父に感謝すべきなんだろう。母は「やめてよ。子供にそんなものを見せるのは」と厭がっていたけれど、父は気にしなかった。ぼくも気にしなかった。

一階では目についた落書きも、二階以降は極端に少なくなり、その代わり、壁の染《し》みやひび割れが目立つようになった。自然に浮き出てきたそれは、ひとの顔に見えなくもなくて、余計に不気味な雰囲気を醸《かも》し出していた。

たどりついた四階では、共用廊下に面して、同じ形のドアが七つか八つほど並んでいた。中には、あけっ放しになっているドアもあった。

「さて、噂《うわさ》の現場はどの部屋かなぁ」

もじゃは呑気《のんき》に言いながら、いちばん手前、四〇一号室のドアノブに手をかけた。ドアは閉まっていたけれど、もじゃがドアノブを廻すと、なんの抵抗もなくガチャリと音をたてて開いた。

狭い玄関から入ってすぐに小さなキッチン。その先に和室が二間《ふたま》。襖《ふすま》が片方だけあいていて、一方の和室は玄関から奥まで見渡せた。カーテンのない窓のむこうには外灯が立っていて、曇りガラス越しの明かりのおかげで、和室の中の様子が割にはっきりと見て取れた。

家具はなく、がらんとしている。けれど、特に荒らされてもいない。台所と和室の境の柱には、格言付きの日めくりカレンダーが掛かっていて、お年寄りがここに住んでいたのかなと思わせた。

「なんにもなさそうだな」

四角顔がそう言ったけれど、もじゃは納得していなかった。

「もうひとつ部屋があるじゃん」

ほこりだらけで素足になるのもためらわれたので、ぼくらは土足で部屋にあがりこんだ。先頭を行くもじゃが、閉ざされているもう一方の襖をあけた。

次の瞬間、ぼくらはうっと息を呑んだ。

部屋中の壁に、柱に、日めくりカレンダーの紙がびっしりと貼られていたのだ。

白地に黒い数字、七分の一の確率で青い数字と赤い数字。交差した日の丸の旗マークもちらほら。乱雑に重なり合っているそれらは、月ごととか、そんな秩序は一切なかった。

年代はざっと見廻したところ、昭和の五十年代から平成の中頃まで。数十年分の日めくり用紙が、とにかく部屋の壁面を埋め尽くしている。こうなるとカレンダーというよりは、呪術的な御札《おふだ》のように見えてくる。

それだけならまだしも、和室の真ん中には、布団《ふとん》が一式、敷かれていた。掛け布団はこんもりと盛りあがり、誰かがそこで眠っているかのようだった。

ぼくも、四角顔も白メガネも絶句していた。もじゃは難しそうな顔をしていたが、突然、「もしもーし」と布団に呼びかけた。

「誰か、そこにいますか?」

返答はない。布団はぴくりともしない。

だけど、そこに誰かが寝ているのは間違いなかった。よくよく見ると、枕の上に灰色の髪をした頭がちょこんと乗っていたのだ。ただし、額《ひたい》から下は掛け布団が覆い被《かぶ》さっている。

「誰かのいたずらか?」

四角顔のつぶやきに、白メガネもすぐに乗った。

「そうだよ、マネキンだろ？」

ぼくもそう思いたかったが、ぞわぞわと鳥肌が立っていくのは抑えられなかった。たまりかね、帰ろうよとぼくが言い出す前に、

「お邪魔しまーす」

まるで知り合いの家にあがるみたいな気軽さで、もじゃが和室に踏みこんだ。懐中電灯の光を布団に当てながら、まっすぐ枕もとに向かう。

ぼくは「いっ」と妙な声を出してしまった。四角顔と白メガネもあわてている。

「おい、おまえ」

「何やってるんだよ」

「何って」

平然と言いつつ、もじゃは仲間たちを振り返った。

「四階のヤバい部屋について知っているか、訊こうと思って」

白メガネもかなり軽いやつだとは思ったけれど、もじゃはもじゃで、別の意味でだいぶ変だった。

「おまえってやつは……」

四角顔がぴしゃりと自分の額に手を当て、しかめっ面《つら》を作った。白メガネは両手を広げて大袈裟《おおげさ》なため息をつく。この期《ご》に及んでも、布団の中の誰かは全然動かない。

やっぱり、マネキン人形が寝かせてあるだけだったんだと、ぼくは逆に安心した。四角顔と白メガネも同じ心境だったらしく、

「ほら、マネキンだ」

「だよ、だよ」

自分たちを励ますように言いながら、布団を囲んだ。

けれども、近くで見てみると、マネキンではないことが判明した。そこに寝ているのは、知らないおばあさんだったんだ。

七十か、八十過ぎ。たぶんそれくらい。皺《しわ》の寄った額に、閉ざされた重そうなまぶた。鼻から下は布団に隠され、胸が動いているかどうかも布団が厚くて見分けられない。

白メガネがおっかなびっくり訊いた。

「い、生きてる？　それとも、死んじゃってる？」

四角顔がうなるように応えた。

「どうだろうな……」

それでも、ぼくはまだ、これは作り物なんじゃないかと疑っていた。

肌が妙に黄色っぽくて、まるでゴムみたいだったからだ。それこそ、血が通っていない感じがした。もっとも、ぼくはそれまで本物の死体を一度たりとも見たことがなかった。むしろ、血がめぐらなくなれば、ゴムっぽく見えもするなんて知らなかった。

「大丈夫ですか?」

もじゃが枕もとにしゃがみこみ、おばあさんの顔に手をのばそうとするのを、四角顔が止めた。

「おい、やめとけ」

「どうして? 起こして事情を聞いたほうがいいじゃんよ。なんで、こんなところで寝ているんですかって」

「いいから、やめろよ」

もじゃは意外にあっさりと四角顔の意見を聞き入れ、立ちあがった。ぼくがホッとしたのもつかの間、白メガネが腰を屈《かが》め、布団の端を引っぱる。今度は四角顔が止める間もなかった。

布団がずれて、その下からおばあさんの顔全体が現れた。鼻から上は普通だ。でも、その下は……。

まず、口が異様に大きかった。耳まで裂けた口とは、まさにあのことだ。なのに、上下の歯ともそこに収まりきれずにはみ出ていた。どの歯も太く、先は鋭く尖《とが》っていた。

ぼくも含めて全員が悲鳴をあげた。

次の瞬間、おばあさんが両目をカッと見開いた。白目は青白く、瞳の焦点《しょうてん》は合っていなかった。続けて、口もカッと全開にする。尖った歯のむこう側、喉《のど》の奥はびっくりするくらい赤くて、まるで赤ん坊を丸々ひとり食べた直後みたいだった。

もう、おばあさんの生死は問題じゃなかった。あれは正真正銘《しょうしんしょうめい》のバケモノだったんだ。

ぼくらは先を争って玄関に走った。

背後で悲鳴が聞こえたので振り返ると、逃げ遅れた白メガネの腰に、あのおばあさんがしがみついていた。やっぱり、彼みたいなキャラが真っ先に犠牲になるんだなと、ぼくは妙に納得してしまった。

四角顔が引き返し、おばあさんの肩を蹴り飛ばした。おばあさんはギャッと叫んで、後ろ向きに倒れこんだ。ちょうど布団の上だったし、怪我《けが》はしなかったと思う。

その隙に、ぼくら四人は部屋を飛び出し、階段を一気に駆けおりた。脇目も振らずにエントランスを横切り、駐車場へとひた走った。

電話ボックスの中では、公衆電話が警報のように激しく鳴り響いていた。受話器がちぎれ落ちていて、鳴るわけがないのに。しかも、電話ボックスにたかっていた蛾は一匹、二匹ではなくなっていた。何十、いや何百か。蚊柱《かばしら》ならぬ、ベージュの蛾柱となって太く立ちのぼっていた。

ぼくらは車を目指してひたすら走った。停車位置から一ミリも動かずに待っていてくれた軽自動車が、ぼくの目にはアマガエル色の救世主に見えた。

全員が乗りこんだと同時に、車は急発進した。タイヤを派手に軋《きし》ませて方向転換し、下り坂を猛スピードで走る。カーブを曲がり損《そこ》ねるんじゃないかと、ぼくは冷や冷やした。

後ろを振り返ると、壁みたいにそびえる廃団地が大きく伸び縮みをしているように見えた。それればかりじゃなく、おおん、おおんと声をあげている。生きているのか——それとも、爆走する軽自動車が派手に揺れているので、そんなふうに錯覚しただけなのか。

確かめる前に軽自動車は坂道を下りきり、平らな国道に無事、合流することができた。すぐにまた後ろを振り向くと、伸び縮みしていた廃団地は完全に動きを止めて、高台の上に収まっていた。あの不気味な咆哮《ほうこう》ももはや聞こえない。

廃団地からだいぶ遠のいてから、白メガネがつぶやいた。

「なんだったんだ、あれ。やっぱ、四階のヤバい部屋って、あの部屋だったのか？」

四角顔が怒ったような口調で、

「じゃないのか。それとも、あれ以上、ヤバい部屋があるってかよ」

「あるかもよぉ」ともじゃが語尾をのばし気味に言う。

車内が急に静かになった。

大きな口から牙《きば》を剝《む》き出しにしたおばあさん。毀《こわ》れているのにタイミングよく鳴り響いた公衆電話。急に個体数を増やした蛾柱。おおん、おおんと鳴いて、伸び縮みしていた廃団地。言われてみれば、あそこにはまだまだ何かがありそうで……。

ぼくの両腕にはびっしりと鳥肌が立っていた。きっと、ぼくだけじゃなく、四角顔や白メガネやもじゃの腕も、ぶつぶつと毛穴が立っていたに違いない。本当に危ないところだった——と、全員が実感しているのが、車中の空気からひしひしと伝わってきた。

それなのに、しばらくしてもじゃが、

「あるとしたら、再チャレンジする？」

仲間を挑発するように言ってくれた。

「ああっ？」と四角顔が声をあげた。

黙っていたけれどぼくも四角顔と同じ気持ちだった。白メガネもそうだったと思う。

でも、もじゃだけは純粋な笑顔で、

「四〇一号室だけでもアレだったんだから、ほかの部屋も見てみたいじゃない。何か、もっとすごいモノと遭遇できるかもよ」

冗談でもカラ威張《いば》りでもないことは、その口ぶりから伝わってきた。わくわくといった書き文字が彼のまわりに飛び交っているのが見えるみたいで、この肝試しもきっと、もじゃが提案したんだなと、その瞬間に読めてしまった。

本当に中身は子供なんだと心底あきれたけれど、ほかのふたりが止めてくれるに決まっていると、そのときのぼくはまだ信じていた。なのに、四角顔は刑事役みたいな苦み走った表情で腕組みをして、うーんとうなり、

「……やるなら来年な。もっと装備をしっかりさせてからな」

白メガネは首を激しく横に振った。

「おいおい、マジかよ。あんなバケモノの出る団地にまた乗りこむってか？」

初めて白メガネが真っ当に見えた。それでも、もじゃは、

「何、言ってんだ。出るから探検する意味があるんだろうが」

うっわぁ……とうめいて、白メガネはがっくりと肩を落とした。負けないで白メガネ、とぼくは心の中で声援を送ったのに、その甲斐もなく白メガネは早々と白旗を揚《あ》げ、

「……廃団地探検の装備って、何が必要なんだろ？」

彼の的《まと》はずれな質問に、もじゃは生真面目《きまじめ》に答えた。

「まずは懐中電灯だな」

大した答えでもないのに、全員の笑い声がどっと車内にこだました。

気がつけば、ぼくまでいっしょになって笑っていた。たぶん、どんな回答だろうと、みんな大爆笑していたんだろう。

恐怖は伝染するってよくいうけれど、むこう見ずな冒険気分も伝染するみたいだ。まだ確かめていない四階の別の部屋、屋上、もしくは隣の棟とかに何がひそんでいるのか、想像するだけでゾクゾクしてくる。もちろん怖いんだけど、鳥肌もひいていないんだけど、好奇心がすべてを上廻っていく。

次の探索の夢を膨らませている間に、軽自動車はもと来たコースを何事もなく引き返していった。さびれた商店街や、出逢《であ》いの場だった自動販売機の前を通過して、ぼくの家のすぐ近くに到着する。

家出自体に親が気づいていない可能性もあるから、ここでいいよと言って、ぼくは車から降りた。その一方で、これでお別れ、と思うと名残惜《なごりお》しくて、訊かずにはいられなかった。

「本当に来年も肝試しするの？」

運転席のもじゃは首を傾《かし》げて、

「先のことはわからないけど、いまのところ、こいつらは乗り気みたいだね」

「いちばん乗り気なのは、おまえじゃないか」

と四角顔が混ぜっ返せば、白メガネも「そうだ、そうだ」と連呼した。

「次はおまえがあのばあさんに抱きつかれてこい」

「ってことは、ホントに次も付き合ってくれるんだな、おまえら」

白メガネはうっと詰まったあとで、

「おまえがばあさんに抱きつかれて、みっともなく泣き喚《わめ》くところを拝《おが》みたいんだよ」

と言い放った。この分なら、本当にまた来年、肝試しリベンジに向かう彼らに逢えそうな気がしてきた。

「じゃあ、本当にまた来年？」

ぼくが確認すると、四角顔がぶっきらぼうに「ああ」、白メガネが「またな、坊主」、もじゃはくしゃっとぼくの頭をなでてくれた。

車から離れたぼくは、台所の勝手口からこっそり家に入って、二階の子供部屋に向かった。その間、なんの邪魔も入らなかった。思っていた通り、親はぼくがいなくなっていたことにも気づいていないみたいだった。

子供部屋の窓から外を覗《のぞ》くと、もう軽自動車は姿を消していた。しばらくすると、「お風呂、早く入りなさい」と母が階下から声をかけてきた。

ぼくはゆっくりお風呂に浸《つ》かって、その夜はいつもより早く寝ることにした。疲れていて眠かったたし。それでも、まだちょっぴり怖かったから、ベッド脇のライトだけは点《つ》けっぱなしにしておいた。

翌朝、ぼくはすっきり気持ちよく目を醒《さ》ました。一階に下りていくと、もうすでに朝食を済ませた父が、コーヒーを飲みながら新聞を読んでいた。母はさっそく、ぼくの分のハムエッグを作ってくれた。

いつもの朝の光景にホッとしつつ、ぼくがパンにバターを塗っていると、父がばさりと新聞をめくって母に言った。

「昨日の夜、川沿いの国道で交通事故があったらしいな」

「また?」

母はハムエッグの脇にプチトマトを置きながら、顔をしかめた。ぼくも顔をしかめた。

「またって?」

「あら、おぼえてない?　何年か前にも国道で事故があったのよ」

「どんな事故?」

母はちょっと言いよどんでから続けた。

「夜中に、肝試しに来ていた大学生が乗った軽自動車が、カーブを曲がりきれずに川に落ちたの。三人全員、亡くなったって聞いたわ」

そんなの、全然記憶になかった。でも、父は、

「ああ、あったな。そんなこと。肝試しなんてするから、そんな目に遭《あ》うんだ」

と素《そ》っ気《け》なく言って、新聞を畳もうとした。ぼくは思わず、父の手をつかんでいた。

「三人、死んだって、その新聞に載《の》ってるの？」

ぼくの勢いに、父は驚いた顔をして首を横に振った。

「いや、昨日の晩に事故ったのはトラックだな。スピードの出し過ぎで、カーブを曲がりきれなかったらしい」

「運転手は……死んだの？」

父はちらりと新聞をめくって確かめ、「ああ」と答えた。

もしかしたら、そのトラックの運転手は途方もなくおそろしいものを——鋭い歯を生やした老女や、尋常《じんじょう》でない数の蛾の群れと遭遇し、逃げようとしてスピードをあげすぎたのかもしれないと、ぼくは想像せずにはいられなかった。

その後、ぼくはネットで数年前に起きたという大学生たちの交通事故のニュースを調べてみた。けれど、三人の本名と年齢が公表されていただけで、顔写真は出ていなかった。

もちろん、その本名も、もじゃ、四角顔、白メガネなんかじゃない。ぼくは最初に彼らの

名前を聞いていたはずなのに、残念ながらひとつも思い出せなかった。

だから、事故で死んだ大学生たちがあの三人とは限らない。彼らはすでに死んでいたのだ——なんて、そんなベタな話、ぼくは受け容《い》れたくなかった。

あのおちゃらけた三人はちゃんと生きていて、一年経《た》ったら、またアマガエル色の軽自動車を走らせ、廃団地を探検しにやって来る。そう信じて、ぼくはちょうど一年後、一学期が終わった七月の夜に、そっと家を抜け出し、自動販売機の横で彼らが現れるのを待った。

一回だけじゃなく、毎年、毎年、ぼくは七月下旬の夜に、ここで彼らを待ち続けた。今年でもう、八年目になる。小学生だったぼくは、いまや大学生になった。

背ものびたし、実年齢より年上っぽく見えるらしい。もう、補導員を気にする必要もない。その代わり、警官の職務質問にたびたび、ひっかかるようになったが。

七月の星空のもと、国道を行き交う車の流れを見守りながら、十八歳のぼくはつらつらと考える。

やっぱり、あの三人はすでに死んでいて——幼かったぼくにとり憑《つ》いたのだろうか。でも、なんで、と。

あれかな。真夏の怪談ネタでよくある、「死んだ者が寂《さび》しさのあまり、生きた者を道連れにしようとした」とか？　ちょっと苦しいか。あの三人に、そんな身勝手さはこれっぽっちも感じられなかったし。

じゃあ、自分たちが死んだという自覚のないまま、肝試しを続行させようとしたとか？　そこでぼくと出逢《であ》って、交通量の多い夜の国道にひとりぽつんと立っていた小学生を見過ごせなくてとか、そういうこと？　だったら、結構嬉しいかも。

自然に笑顔になっていると、アマガエルみたいにあざやかな緑色をした軽自動車が走りこんできて、自販機の前に停車した。

ドアがあいて、若い男が三人、降車してくる。

運転席から降りてきたのは、もじゃもじゃのクセっ毛。服装は、どこにでも売っていそうなカーキ色のTシャツとジーンズ。助手席から降りてきたのは、四角い顔の厳ついお兄さん。後部座席から降りてきたチャラい男は、白縁メガネをかけている。

三人とも、八年前に出逢ったあのときから、服装も何もかも全然、変わっていない。ぼくだけが小学生から大学生になった。

でも、そんなことは、もじゃたちの顔を見た瞬間にどうでもよくなってしまう。毎年、そう。今年は特に、真っ先に彼らに伝えたいことがあって、ぼくはジーンズのポケットから急いで学生証を取り出した。

「大学、合格した。この春から仏教系大学の一年生だ」

「やったな、坊主」もじゃがバチンと、ぼくとハイタッチしてくれた。

「ははは、ホントに坊主になるんだな」四角顔は大口をあけて笑い、

「カッコいーー！」白メガネはあいかわらず軽い。

　ぼくとこの三人は、あれから毎年毎年、ここで合流して廃団地へと向かった。四階の部屋をひとつひとつ、探検していったのだ。

　敵はなかなか手強《てごわ》い。四〇三号室では押し入れをあけた途端に巨大な女の生首《なまくび》が現れ、ぼくは危うく彼女に呑みこまれそうになった。もじゃたちが部屋中の家具を手当たり次第に投げつけて助けてくれなかったら、本当に危なかった。四〇六号室も強烈だった。奥の和室が泥の沼と化していて、そこから這《は》いあがってきた腐りかけの死体とみんなで格闘する羽目になったのだ。

　それでも、どうにかこうにか去年で四階を全室、攻略し終えた。今年は、屋上に上がってみるつもりだ。廃団地の上空には、この七月の夜に限って、数年前から暗雲が不気味に漂い始めていた。きっと廃団地の屋上では、より邪悪な何かがぼくらを待ち受けているに違いない。

　ちなみにぼくが仏教系大学を志《こころざ》したのも、廃団地の探検に何か役立つんじゃないかと考

えたからだ。背中にしょったリュックの中には、ロープやら懐中電灯やらといっしょに数珠《じゅず》や経本《きょうほん》がたんまり入っている。

身体も鍛えた。体格の良さはまだまだ四角顔に及ばないけれど、背丈《せたけ》は二年前の時点で白メガネを越えている。でも、白メガネには場を脱力、いや、なごませる軽やかさがあるし、もじゃのいい意味でのゆるいリーダーシップは何物にも代えがたい。

三人はすでに死んでいるんじゃないかとか、一応考えはするけれども、本当はもう、そんなことはどうでもよかったんだ。そこを詮索《せんさく》して、年に一度のこの特別な夜を台無しにはしたくなかった。

「さあ、行くぞ」

もじゃが宣言し、残りのみんなも「おお！」と声をそろえた。ぼくらはまさしく、暗黒魔王の居城へと向かう勇猛果敢《かかん》な冒険者だった。

小さな生き物

拳《こぶし》が飛んでくる。いつもながら、突然に。

ごつごつした拳はタダシの顎《あご》にもろにあたり、彼は窓際《まどぎわ》まで吹っ飛んだ。

「馬鹿野郎」

息子を殴《なぐ》り飛ばした父親は荒々しく怒鳴った。離れていても息が酒くさいのがわかる。まだ夕方だというのに、すでにかなりの量を呑んでいるらしい。

こんなときの父親に何を言っても無駄でしかない。二発目の拳を素早くかわして立ちあがり、タダシは玄関のドアまで一直線に走った。

「クソ親父！」

外へ飛び出す寸前に振り向いて怒鳴り返すと、父親はコップを投げつけてきた。タダシが急いでドアを閉めた次の瞬間、ガラスの割れる音が派手に響き渡る。

安普請《やすぶしん》のアパートだ。怒鳴り声もコップの割れた音も全室に聞こえただろうに、誰も苦情を言いに来なければ、救いにも来ない。

タダシもはなから助けなど期待していなかった。父親に殴られそうになったら逃げる。とにかく逃げる。それが彼自身が会得《えとく》した対処法だった。

呑み始めて一時間か、せいぜい二時間もすれば父親は眠ってしまう。その間、外で時間を潰《つぶ》し、あとでこっそりアパートへ帰れば、少なくともその日はそれで片がつく。酒をやめ、殴るのもやめてほしいと望むのは土台、無理なのだ。

半年前、母親がいなくなってから——若い男と逃げたのだと、自分たちは捨てられたのだと父親は断言していた。正しい分析だ——もはや父親の飲酒と暴力は日常茶飯事《さはんじ》となっていた。殴るほうは憂《う》さ晴らしになっていいかもしれないが、殴られるほうはたまったものではない。

「ちくしょう」

陽《ひ》の落ちた住宅街をさまよいながら、タダシは殴られた顎をさすって毒づいた。狭い道の反対側を歩いていた若い主婦が、彼のつぶやきを耳にしたらしく、おびえたような視線をちらりと向けて歩調を速める。その反応がタダシの癇《かん》に障《さわ》った。

自分がついさっき父親に殴られたように、ここで拳を振りあげてみせたら——あの主婦はどんな顔をするだろうか？

想像したら、自然と顔が笑った。

ちょうど都合のいいことに、近くに児童公園がある。あの植えこみにひきずりこんで、殴って殴って殴りつけてやって——

妄想《もうそう》を膨《ふく》らませているうちに、主婦は足早に行ってしまった。あえて追いかける気もなく、タダシは凶悪なファンタジーを頭の中でこねくり回しつつ、コンビニをめざした。

平凡な住宅地の風景はすでに宵闇《よいやみ》に沈んでいる。どこからか、夕餉《ゆうげ》のにおいが漂ってくる。煮魚のにおいだ。そんな家庭的なメニュー、母親がいなくなってからのこの半年間、絶えて口にしていなかった。

においに刺激されてタダシの胃は動き、空腹を訴えて鳴き出した。右手を腹にあてがって、彼は無意識に顔をしかめる。コンビニで肉まんでも買い、収めてやるしかあるまい。家に戻るには、さすがに早すぎて危険だった。

こんなピリピリした生活も中学を卒業したら終わる。そうしたら、自分は家を出て働くのだ。いやな現実を紛《まぎ》らわせるための言い訳ではなく、担任の教師とも就職の話はすでにしてある。本当に、あともう数カ月の辛抱《しんぼう》なのだ。

角を曲がると、低い鉄柵に囲まれた児童公園。ベンチと植えこみの他はブランコしかないそこに、子供たちの姿は見えない。家族と食卓についているか、塾に向かっているかの時間帯だから、それも当然だろう。

児童公園側の歩道を歩いていたタダシの足が、ふと止まった。何か聞こえたような気がして、いぶかしげに周囲を見廻《みまわ》し、耳を澄ます。

ヒイヒイヒイ……

巣から落ちた雛鳥《ひなどり》が途方に暮れて鳴いているような弱々しい声が、児童公園の植えこみから聞こえる。仔犬か仔猫かが捨てられて、寒さに震えているのだろう。

好奇心からタダシは身を屈《かが》めて、植えこみの中を覗《のぞ》いてみた。暗くてよくわからないけれど、泣き声はよりはっきり聞こえるようになった。

ヒイヒイ……

かわいらしい声ではない。痰《たん》がからんで苦しげに呼吸しているような、病的な感じさえ受ける。病気でないにしろ、親に見捨てられた小さな命なら、冷えこみの厳しくなってきたこの季節、翌朝には冷たくなっているだろう。

自分には関係ない。そうも思ったが、結局、タダシは公園の鉄柵を軽く跨《また》ぎ越し、植えこみの中に分け入った。街灯の明かりは遠くて役に立たないので、声を頼りに進む。うっかり踏みつけたりしないよう、用心深く一歩一歩。

ヒイヒイヒイ……

近づいてくる他者の気配を察し、鳴き声が幾分気ぜわしくなる。早く早くこっちに来てと急《せ》かしているようでもあり、おびえているようでもある。

「怖がるなよ」

タダシは暗闇に向かって声をかけた。ふてくされたように聞こえることに自分で気づいて、少し声のトーンを優しくしてみる。

「なにも、いじめようってわけじゃないんだからさ」

植えこみの下で何かが動いたのが目に留《と》まった。小さなそれはよろよろと左右に身体を揺らしながら、タダシのほうへ踏み出そうとしている。

差し出した彼の右手の指先に、それが触れた。冷たくて、少し湿っている。触れたのは鼻先らしい。タダシはいったん腕をひっこめかけたが、逆に限界までのばしてその小さな生き物を捕まえ、植えこみの下から引っぱり出した。

ヒイヒイと鳴いてはいるが、それは抵抗らしい抵抗をしない。震えているばかりだ。片手でつかめる小さな生き物。タダシがもっと指に力を入れれば、あっけなく潰れてしまうだろう。

父親に殴られた顎がまだ痛んだ。この痛みを自分より弱いものにぶつけたら、やり場のない怒りを紛らわすことができるかもしれないと、ふと思った。手の中には格好の獲物《えもの》がいることだし――

ヒイヒイヒイ……

「バカ。そんなこと、やらねえよ」

一瞬の迷いはあったにせよ、タダシは実行には移さなかった。捕まえた生き物が余りにも小さく、鳴き声がみじめったらしかったからだろうか。

「ほらほら、そんな鳴くなよ、うざってぇな」

タダシは小さな生き物を両手で包みこんで、街灯の下まで歩いていった。初めて明るい光のもとでその姿を見たとき、彼は嫌悪《けんお》感から思わず声をあげた。

「なんだ、こいつ」

生まれて間もないであろう小さな生き物。たぶん犬の仔――パグ犬か何かの雑種に見えなくもない。

体毛はまったくなく、無防備にさらされた皮膚《ひふ》のあちこちに赤い湿疹《しっしん》が生じている。膿《う》んで白く膨れあがっているものも少なくない。透けて見える青い血管も、全身にひびが生じているようで不気味だ。さらに、肩甲骨《けんこうこつ》は背中から異様に大きく盛りあがって、ふたつの瘤《こぶ》となっていた。

顔も変だ。先の垂れた耳と黒い鼻はかわいらしいと言えなくもないが、それ以外はすべて皺《しわ》。顔全体が深く段になって刻まれた数本の横皺に埋もれ、目がどこについているかさえ定かではない。

「おまえ、こんなツラだったから、捨てられたのか？」

無理もないと思った。暗かったから素手でつかむことができたのであって、最初からこの姿を目《ま》の当たりにしていたら、タダシ自身、手を出すのをためらっただろう。

いますぐ両手を放して、この醜《みにく》い生き物を地面に落としてしまっても、誰も咎《とが》めまい。むしろ、そうしたほうがこいつのためにもいいかもしれない。悪い皮膚病にかかっているようだし、骨の変形もある。どうせ、長くは生きられないだろうから。

犬に似た小さな生き物は、無毛の身体を細かく震わせ鳴き続けている。そんなに鳴いても、ちっともかわいくないのに。哀《あわ》れっぽい声をあげて、相手の同情を誘おうとしたところで、この見てくれではなんの効力もないとわからないのだろうか。

そんな印象をいだいて顔をしかめたタダシだったが、生き物のひたむきさは無視し難《がた》かった。ポケットからくしゃくしゃのハンカチを取り出すと、それで小さな身体を包みこみ、胸もとに抱き寄せる。少しでも温かいようにと。

その足でコンビニに向かい、ガーゼと牛乳を買った。牛乳は冷たいものしかなかったので、店員に頼みこんで電子レンジで温めてもらった。

「捨て猫でも拾ったの？　もしかして、ヒイヒイ鳴いてる、その包み？　わたし、動物好きなのよ。ねえ、見せて見せて」

と、中年の女性店員はせがんだが、タダシは首を横に振った。

「やめたほうがいいと思う。こいつの顔、最悪だから」

「あら、平気よ。人間だって生まれたては猿みたいにくしゃくしゃなんだし」

あんまり言うので、ハンカチを少しめくって背中の一部をちらりと披露《ひろう》してやった。思った通り、湿疹だらけの皮膚と不自然に盛りあがった肩甲骨を見て、店員はぎょっとしたようにカウンターから身をひいた。

「それ、犬？」

「たぶんな」

「いやだ。この近くで捨てないでよ」

動物好きと称した割にあんまりな台詞《せりふ》だったが、これが普通の反応なのだろうと、タダシは達観していた。それくらい、この生き物は醜く、生理的嫌悪感を誘う。

タダシは児童公園まで戻ってベンチに腰かけた。温めた牛乳をガーゼに染《し》みこませ、小さな生き物の口に押しあてる。よほど飢えていたのだろう、それはガーゼにかぶりつくと嚙みちぎりそうな勢いで牛乳を吸い始めた。

「おまえ、チビのくせに脚太《あし》いな」

タダシが話しかけながら前脚を撫《な》でても、生き物は気にせず食事に没頭している。仔犬には仔犬の、仔猫には仔猫専用のミルクがあって、やたらと牛乳を与えても下痢《げり》してしまうと聞いたことがあったが、その心配はなさそうだ。

「いまはこんなに小さいけど、そのうちでっかく育つのかもな」

食事を終えた生き物を、タダシは再びハンカチで包みこんだ。胃が満ち足りて安心したのか、それはハンカチの中で身を丸めて眠ってしまう。無防備に寝息をたてている生き物を膝《ひざ》に乗せて、さてこれからどうしようとタダシは考えこんだ。

自分が世話をするから飼わせてほしいとせがんだところで、無理なのはわかりきっている。けれども、見捨ててもおけない。

——このままおとなしく寝ていてくれるなら、今晩一晩くらい、あいつに気づかれることなくやりすごせるかもしれない……。あの酔っぱらいはまず朝まで目を醒《さ》まさないし、戻ってすぐにこいつを押し入れに隠してしまえばどうにかなるかもしれない……。

どうか、うまくいきますように。

うまく事が運ぶよう祈りつつ、タダシはベンチから立ちあがり、アパートへと戻った。いつもより緊張しつつ、玄関のドアノブを廻す。鍵はかかっていない。上がり口にはガラスの破片が散らばっている。奥の六畳間からは父親のいびきが聞こえてくる。逃げる息子にコップを投げつけたあと、父親はそのまま呑み続けて眠ったらしい。いつもの通りに。

タダシは自分の部屋としてあてがわれている四畳半に入ると、小さめのダンボール箱を用意した。中身のガラクタを全部出して内側にタオルを敷き、拾ってきた生き物をそこに寝かせる。生き物は眠りから醒め、身じろぎしてフンフンと鼻を鳴らしたが、いままでその身を包んでやっていたハンカチをいっしょに箱に入れてやると、落ち着いたのか、また丸くなって眠りに落ちた。

どうにかうまくいき、タダシはホッと息をついた。

それにしても、見れば見るほど醜い。暗い児童公園では気づかなかったが、尾はまるでネズミのように細くて節《ふし》が入っている。ただし、長さはあれほどはない。

犬ではないのかもしれない。かといって、ネズミでもあるまい。最近は外国産の珍しい動物を飼うのが流行《はや》っているから、そういう輸入ペットが産み落とした出来損《そこ》ないの可能性は高い。

万々が一、希少価値の高い動物だったにしろ、あの父親にはどうでもいいことだろう。みつかれば、女房に逃げられた憂さ晴らしに使われるに決まっている。やはり、明日、学校へ連れていって引き取り手を探すしかあるまい。かなり難しいだろうが、全クラスを廻ればひとりぐらい「かわいそう」と言い出す物好きがいるに違いない。

たとえば、うちのクラスの委員長とか、隣のクラスのあの女子とか、ボランティア好きの音楽教師とか……。

引き取り手のリストを頭の中で作成しながら、タダシは生き物の皺だらけの寝顔に見入っていた。コンビニで自分の夕食を買い忘れていたのに気づいたのは、かなり時間が経《た》ってからだったが、もはや自身の空腹のことなど、どうでもよくなっていた。


ヒイヒイイヒイヒイ——

必死の鳴き声に、タダシはハッと目を醒ました。いつの間にか、うたた寝してしまったらしい。

身体を起こそうとした途端、脇腹に鈍《にぶ》い衝撃が走った。蹴《け》られたのだ。

防御する間もなく、まともに蹴りを受けてタダシの身体は柱まで飛んだ。さらに机の角で腕をしたたかに打つ。ダブルの痛みで、一瞬、息が止まった。

蹴ったのは父親だった。四畳半の真ん中で仁王立ちしている彼の顔は、朱を塗りたくったように真っ赤だ。まだ酒が抜けていない証拠であり、激高している証拠でもある。

飲んで寝たら朝まで目醒めないはずの父親が、よりによって今夜、お約束を破るとは。

「なんだ、これは」

父親は吐き捨てるように言って、ダンボール箱を蹴った。小さな生き物はすっかりおびえてヒイヒイ鳴いている。その声に憐憫《れんびん》の情を催《もよお》すどころか、父親はいっそう嫌悪感を露《あら》わにした。

「こんな、きたならしいバケモノを拾ってきやがって。おれのうちに、こんなものをあげるんじゃない！」

父親は生き物をつかみあげようとする。それより先にタダシは前に飛び出した。

「やめろ！」

無我夢中で父親に体当たりした。今度は父親のほうが吹っ飛んだ。反対側の壁にぶつかって、痛みと驚きにいそがしく瞬《まばた》きをくり返している。

驚いたのはタダシも同様だった。父親は大柄で人相もいかつく、何もせずに立っているだけでかなりの威圧感があった。だからこそ、タダシも何度殴られようとも捨て台詞を残して逃げるばかりで、ろくな抵抗もできずにいたのだ。

これが初めての反抗。しかも、ふいをついたためとはいえ、父親にひと泡吹かせた。力ではまだまだ及ばないと、試す前からあきらめていたのに。

驚きから先に我に返ったのは父親のほうだった。息子に歯向かわれたことで彼の怒りが頂点に達したのが、その形相《ぎょうそう》に表れていた。

「親に何をしやがる！」

怒鳴り声におびえ、小さな生き物は細い尾を縮めてヒイヒイ鳴いている。

頼むから鳴くな。親父の注意をひくんじゃない。

タダシはそう願ったが、そういう願い事はたいがい叶《かな》わない。いつもは朝まで寝るはずの酔っぱらいが今夜に限って目を醒ましたのがいい例だ。案の定《じょう》、父親は血走った目を鳴き続けるそれに向けた。

「この、バケモノめ」

厭《いと》わしげに顔を歪《ゆが》め、父親はその生き物を右手でつかんだ。奪い返そうとタダシはまた体当たりしていったが、今度はあえなく張り飛ばされてしまった。

ヒイヒイヒイヒイ……

乱暴につかみあげられて、小さな生き物の声がより甲高《かんだか》くなる。無毛の脚が空《むな》しく宙を掻《か》き、ネズミに似た尾が激しく揺れる。

そのとき突然、生き物の顔面を覆《おお》い尽くす深い皺が上下に開いた。顔の中央に横長の亀《き》裂《れつ》が生じる。その奥で金色に輝いているのは、目だった。

たったひとつの、大きな目。

タダシは息を呑んだ。父親も仰天《ぎょうてん》して、その生き物を畳に叩《たた》きつけた。

「本物のバケモノじゃないか！」

小さな生き物はひっくり返ったまま、短い四肢をバタバタ動かしている。開いたばかりの目はまだ見えていないらしい。

父親が片足を上げた。踏み潰すつもりだ。

このままだと殺されてしまう――

タダシはとっさに机の上の電気スタンドをつかんだ。電気コードがぴんと張ったが、すぐにコンセントがはずれて自由になる。彼は思いきり腕を廻し、勢いをつけて、電気スタンドを父親の顔面に叩きつけた。一度だけでなく、何度も。

スタンドの笠《かさ》が傾《かし》ぎ、電球が割れた。父親の額《ひたい》も割れた。うめき声をあげ、両膝を畳につける。それでも、タダシは父親の顔を殴り続けた。肩で息をしながら、渾身《こんしん》の力で。

スタンドの首が折れ曲がり、いくら振りおろしても狙いがそれるようになって初めて、タダシはやっと手を止めた。父親は頭を両手でかかえ、くの字になって倒れている。動かない。ピクリとも。

細かな赤い飛沫《ひまつ》が部屋中に飛び散っている。大した量ではなかったが、タダシには血のにおいがひどく強烈に感じられた。

　例の生き物はまだヒイヒイ鳴いていた。タダシはスタンドを投げ捨て、代わりに生き物を拾いあげた。怪我《けが》はない。ただ怖がっているだけらしい。金色のひとつ目は確かに不気味だが――この生き物はこんなにも小さく弱々しい。

「大丈夫だ。もう大丈夫だから……」

　その台詞を口にするのはまだ早かった。倒れていた父親が、いきなりタダシの足首をつかんだのだ。

　タダシは足をめちゃくちゃに動かして父親の手を振りほどき、外へと走り出た。父親は獣じみた咆哮《ほうこう》をあげて起きあがり、あとを追いかけてきた。

　両手でしっかりと小さな生き物を抱きしめ、タダシはアパートの階段を足音高く駆け降りる。振り返るゆとりなどないし、わざわざ振り返らずとも、罵声《ばせい》と足音がしつこく追いすがってくる。殺してやる、殺してやると父親がわめいているのがずっと背後に聞こえる。本当に殺されかねない、そんな凶暴な声が、ずっと。

　暗い路地に逃げこみ、ひたすら走るタダシの後方で、突然、父親の罵声よりも大きな音が響き渡った。車のブレーキ音だ。それから、何かがぶつかる鈍い音。

　車のライトが、思わず足を止めたタダシの影をアスファルトにくっきり浮かびあがらせた。振り返ると——黒っぽいワゴン車の前に父親が仰向けに倒れていた。

ぴくりとも動かないのはさっきと同じだが、今度は白目を剝《む》いている。頭の下からは、じんわりと黒っぽい血が広がっていく。タダシはそれを眺めながら、ああ、後頭部が割れてしまったんだなとぼんやり思った。

彼の手の中では、小さな生き物がヒイヒイ鳴きながら小刻みに震えていた。


父親の葬儀の翌日、さっそく担任の教師がアパートにやってきた。大体の事情を知っているだけに、担任は通りいっぺんの慰《なぐさ》めの言葉を告げてすぐに本題に入った。

「それで進路のことなんだが、変更はないのか？」

「ないですよ」

タダシは即答した。

「紹介してもらった職場に、ここから通います。高校はいますぐじゃなくて、ある程度してからでも行けるし、とりあえず自活しようかなあと」

心配していた生徒が思ったよりしっかりしているのを目の当たりにして安心したのだろう、担任は満足そうに何度もうなずいた。出された茶をすすって、その渋さに担任は表情をわずかに歪めたが、文句は口にしない。しかし、押し入れの内側の襖が内側からドンドンと揺れたのは見過ごしてはくれなかった。

「何かいるのか？」

「ああ、犬、飼ってるんですよ。このアパートはペット禁止だから、内緒なんだけど」

「犬か。それはいいな。なんにしろ守る対象がいると、ちゃんとしようって気持ちもわいてくるから」

いったんは笑顔をつくった担任だったが、襖の揺れが激しくなると、不安そうな表情に変わった。押し入れに隠しているのは、もちろん、あの生き物だ。体当たりでもしているのか、襖はかなり激しく揺れている。

「出してやったほうがいいんじゃないか？」

「でも、出すと逃げられちゃうから」

本当は、逃げたりなどしない。だが、ひとつ目のあの生き物を担任に披露するわけにもいかない。

「まだ仔犬なんだけど、元気すぎて。すごい大食らいなんですよ。あいつを養うためにも一生懸命働かないと。だから、ちゃんと就職しますし、残りの出席もちゃんとしますから、どうか心配しないでください」

早口にまくしたて帰宅を促《うなが》そうとしたのに、担任は押し入れに近づこうとする。タダシはあわてて立ちあがり、片手で襖を押さえた。いぶかしげな顔をする担任に、彼は首を横に振ってみせた。

「駄目なんですよ。ちょっと、見せられるようなやつじゃなくて。病気も持ってるみたいだし」

「だったら、なおさら気になるな。あんまり悪いようなら獣医に連れていかないと」

「大丈夫です。元気だし、食欲もあるし」

「費用のことを心配しているなら、おれがどうにかしてやるから」

「……余計なお世話だよ」

それまでの低姿勢をやめ、タダシは押し殺した声でつぶやいた。途端に、担任が青ざめる。見ていて滑稽《こっけい》なくらい、はっきりした変化だった。いつもそう。教育熱心なふりはするくせに、いざ問題が持ちあがると逃げ腰になるタイプだ。

「そう言うのなら……」

居心地悪くなったらしく、担任は喪《も》が明けたらちゃんと登校するんだぞとモソモソ言いながら去っていった。タダシは玄関で教師を見送り、鍵をしっかりかけてから、六畳間に取って返した。

押し入れの中で、例の生き物はまだ体当たりをくり返している。襖をあけると、小さなそれは転げるように飛び出し、ヒイヒイと小さな声をあげ、タダシの足にすがりついてきた。

金色の単眼はどうにか見えるようになったらしい。黒っぽい産毛《うぶげ》もまばらではあるがうっすらと生えてきている。ただし、湿疹はまだ消えてない。背中の瘤も、気のせいか少し大きくなったようだ。

担任の言う通り、獣医に診《み》せたほうが本当はいいのだろう。しかし、こんなひとつ目の生き物を、たとえ獣医であろうと他人に見せてはまずいと思う。どうせバケモノ扱いされるのが関の山だ。

タダシは足もとの小さな生き物を両手でつかんで抱き寄せた。部屋はけして寒くはないはずなのに、生き物はなぜかガタガタと震えている。

「どうしたんだよ、おまえ。もしかして、びびってるのか？　暗いところが怖かったのか？」

そう話しかけていると、ふいに、あけっぱなしにしていた押し入れの中から低い笑い声が洩《も》れてきた。聞きおぼえのある声にタダシはぎょっとして顔を上げ、直後に凍りつく。

押し入れの下の段に、死んだはずの父親がいたのだ。

驚きのあまり硬直する息子をみつめ、父親は少し前に身を乗り出し、ニタニタ笑っていた。無精ひげの目立つ顔には、電気スタンドで殴られたときの血がこびりついたままだ。押し入れの中にこいつがいたから、小さな生き物はあんなにも暴れていたのか。そう思い至るや、恐怖と驚愕《きょうがく》を押しのけて、タダシは叫んだ。

「死んだはずだ！」

生き物を左手に持ち替え、右手で手近にあったハサミをつかむ。洋裁用の大きな裁《た》ちバサミだ。それを大きく振りあげると、父親が血まみれの顔を歪めて吼《ほ》えた。

「親をまた殺す気か！」

次の瞬間、タダシの視界はがらりと変わった。

仰向けに寝転んで、天井を見上げている。部屋も薄暗い。いつの間にか、夕方になっている。

夢だったのだ。

教師が来て、帰って――それから、葬儀の疲れもあって、畳に横になった途端、眠ったらしい。

「夢かよ……」

安堵《あんど》の息をついたタダシだったが、自分のいまの状況に気づくや、ゾッとした。押し入れの襖があいていて——彼の両脚は下の段の空間に半分つっこんだ形になっていた。まるで、押し入れに引きずりこまれかけていたように。

タダシはあわてて立ちあがり、押し入れの中を覗いた。誰もいない。それでも急いで襖を閉める。隙間《すきま》なくぴっちりと。

部屋の電気を点《つ》けると、台所からヒイヒイ鳴く声が聞こえてきた。

「そっちにいたのか」

タダシが近づくと、例の生き物が湿疹だらけの身体を彼の足に摺《す》り寄せてきた。タダシはそれを抱きかかえながら、こいつが六畳間でなく台所の片隅にいたのは押し入れから遠ざかりたかったせいかもしれないとふと思う。

正直、彼自身も押し入れが怖かった。血を流しながらニヤニヤ笑っていた父親が怖かった。

「大丈夫だ、怖くない」

本心とは違うことを口にして、手の中の小さな生き物をぎゅっと握りしめる。

「もう怖くない。守ってやるから。絶対、守ってやるからな」

呪文のようにくり返しつぶやいていると、本当に怖くないような気がしてくるのが不思議だった。

翌年の四月から、タダシは土建業の小さな会社に就職した。ハードな肉体労働だ。最年少だったため、先輩たちから仕事を押しつけられることも多い。が、彼は文句も言わずに黙々とそれをこなしていった。

毎日、疲れ果て、アパートには寝に戻るだけ。それでも、待っている相手がいるから苦にはならない。少しずつ大きくなっていく、ひとつ目の生き物がいるから。

ある程度貯金ができたら、もっと広いところに引っ越して、のびのびと遊ばせてやろうと計画を立てていた。が、予想外のことが起こり、その計画に支障が生じた。タダシが突然、体調をくずして入院したのだ。

どうせ過労だ、若いんだし短期間で済むと、彼自身も軽く考えていたのに、入院は長引いた。治るどころか、どんどん悪くなっていくのが自分でもわかった。

若さが逆にあだになって、病気の進行が速いようだ。医者と看護師がそんなことをコソコソ話しているのを小耳に挟んだ。おかげで、病名の想像もついた。

夕方、見舞いに来た会社の社長――いや、棟梁《とうりょう》と呼ぶほうが正しい――も、医者からよからぬ告知でもされたのだろう。珍しく神妙な顔をして、

「おまえ、親はいないんだったよな」

と切り出してきた。

「はい。親父は死にましたし、おふくろは逃げちゃって、いまどこにいるのかもわからないんすよ」

「じゃあ、親以外で連絡とりたい相手は。おまえもずっと病院のベッドにいたんじゃ気が腐るだろ。顔見たいやつとか、つきあっている女とかいないのか？」

女はいないけど、顔見たいやつなら——そう答える代わりにタダシは頭を横に振った。

「親父さんのその顔で充分ですよ」

「趣味悪いぞ、おまえ」

棟梁がことさら気持ち悪そうに言うので、タダシは笑ってしまった。

「おまえ、犬、飼ってるだろ？」

ふいに言われて、彼は驚きを隠せなかった。しかし、あれを犬と断言したからには、実物を見てはいないはずだ。

「バレてましたか」

「当たり前だ。においでピンとくるわ。おれの鼻をごまかそうなんて、百年早い」

「くさかったっすか」

「おれぐらいにしか、わからんよ。安心しろ、大家《おおや》なんかにバラしはしないって。だがな、代わりに餌《えさ》やろうと思っておまえの部屋に入ったんだが……いないんだよ。逃げちまったのかなあ」

臆病なのか、自分が醜いのを知っているのか、あれはタダシ以外の人間にはけして姿をさらそうとしない。近づいてくる他人の気配をいち早く察して、アパートから逃げ出したのだろう。

「餌だけは部屋に置いてきたがな。ドッグフードでよかったかな?」

「ええ。でも、あいつならおれがいなくても大丈夫ですよ。自分でちゃんと餌をとれますから。それに、もうおれのことなんか、忘れてるかもしれない」

棟梁を安心させるためだけに、タダシは嘘をついた。

「いやいや、きっとおまえの手から餌もらいたがってると思うぞ。たぶん、アパートの近くをうろついているさ。どんな犬だ、探しといてやるから、特徴、教えろよ。色は?　大きさは?　なんて呼んでるんだ?」

「いいですってば。あれはノラになってもたくましく生きていけますって」

強情はりやがって、と棟梁はふてくされたようにつぶやいた。

「とにかくな、とっとと退院しろよ。犬だけじゃなく、仕事がたんまり山積みになっておまえを待ってるんだからな」

「はいはい」

棟梁が帰っていくと、病室の静かさが際立《きわだ》って感じられた。六人部屋なのだが、家族と年末年始をすごすために、同室の五人はみんな自宅に帰ってしまい、ここにはいま、タダシひとりしかいないのだ。

テレビを観《み》ながらダラダラと時を過ごしているうちに消灯時間が来て、部屋の電気が消される。でも、眠れない。暗闇《くらやみ》の中で、タダシはハァッと大きく息を吐いた。

頭に浮かぶのはあの生き物のことだ。棟梁にはああ言ったが、本当は心配で心配でたまらなくて――

「痩《や》せちまったなあ、おまえ」

聞きおぼえのある声が、暗い病室に響いた。父親の声だった。

死んだはずの父親はベッドの足もとに立って、横たわった息子を見下ろしている。数年前に車に轢《ひ》かれて死んだそのときの姿で、癇に障るニヤニヤ笑いを、その血まみれの顔に貼りつかせている。病《や》み衰《おとろ》えた我が子に向けるような視線ではない。ざまあみろと嘲笑《あざわら》っているのだ。

「助かりそうにないって、自分でもわかってるみたいじゃないか。親を殺した罰だな」

「殺してねえよ」

タダシは父親を睨《にら》みつけて低い声で言った。

「とどめを刺したのは、おれじゃない」

そのことを後悔している。

タダシの考えを読み取ったように、父親は歯を剝いて、より憎々しげな笑顔をつくった。

「残念だったな。おまえはこのまま死んじまうんだ。そうなったら、あのチンケなバケモノはどうなるかなあ」

「うるさい！」

タダシは大声で怒鳴った。途端に、ハッと目が醒める。ベッドサイドに目をやっても、そこに父親の姿はない。あれは夢。自分自身が発した声のおかげで、彼は悪夢から現実へ戻ってこれたのだ。

それでも、タダシの気は晴れなかった。

「またかよ……」

最初に押し入れの中に現れて以来、父親は何度かタダシの周辺に——夢と現実の狭間《はざま》から顔を覗かせては、小さな生き物にちょっかいをかけてきた。息子が大事にしているものをいたぶって、自分に逆らった罰を与えようとしているのだ。

だいぶ大きくなってからも、あの生き物は死んだ父親が来るとおびえてヒイヒイ鳴いた。タダシが守ってやるしかなかった。いままではそれでどうにか済んだが……自分が死んだら誰があの生き物を守るのか、それが彼の唯一《ゆいいつ》の気がかりだった。

タダシが半身を起こして深く息を吸うと、暖房でまったりとぬくもった空気とともに、病室の甘ったるいにおいと消毒液のにおいが肺の中に入ってきた。

「あいつに逢《あ》いたいよ……」

ベッドの上で、タダシはそうつぶやいた。入院してからずっと心のどこかで思っていたことだが、実際に声に出してみるとなおさら気持ちは膨らんでいく。

「どうしてるんだ？　もう部屋に戻ってるのか？　それとも……」

死んだ父親が飼い主のいない隙を狙って、手を出しているかも。そう思うと、おちおち寝てなどいられなくなるが、退院などすぐにはできないのも自分でわかっている。

もう守ってやれないかもしれない。何もしてやれないかもしれない。

無力感に打ちのめされて、タダシが二度目のため息をついたと同時に、窓辺で微《かす》かな音がした。

コツン、コツン、コツン……

何かが窓ガラスを叩いている。ここは三階で、窓の近くには風に揺れるような樹木もないのに。

恐怖ではなく、予感があった。タダシはすぐさま布団をはねのけた。スリッパを履《は》くのももどかしく、冷たい床に素足を降ろす。一瞬ふらついたが、ベッドの枠に手をついて身体を支え、早足で窓辺に向かった。

コツン、コツンと音は続いている。そんなに急かすなよと、タダシは苦笑しつつカーテンをひいた。

窓のむこうには、あの生き物がいた。しかし、もうとても『小さい』とは形容できない。病室の窓は腰の位置から天井近くまで高さがあるが、むこうはそれ以上に大きく育っていた。

剝き出しだった皮膚もいまでは黒い短毛にびっしり覆《おお》われていた。月の光を受けて、銀色の光沢《こうたく》を放っている。黒い顔の中央にはたったひとつ、真円に見開かれた金色の目。外国の金貨のようにきらきら光って、とてもきれいだとタダシは思った。

「大きく育ったよなあ……」

タダシは窓ガラスに両手をついて、ほれぼれとその生き物を見上げた。

「ちょっと目を離していた間に、またすごく立派になったもんだ。あんなに小さくて、弱々しくて、不細工で、いまにも死にそうな感じにヒイヒイ鳴いてたのに。背中の瘤も、絶対、悪いものだと思ってたのに……そうじゃなかったんだもんな」

瘤はすでにない。時が経つにつれて次第に大きく膨らんでいき、タダシをはらはらさせたが、ある日突然、瘤はその形を変え、まったく違うものになってしまった。

いまでは漆黒《しっこく》の翼となり、生き物の背後に大きく広がっている。これがあったから、病院の三階の高さも障壁にならなかったのだ。

「もう、おれがいなくったって大丈夫かな。うん、全然、大丈夫だよな。クソ親父の幽霊なんかに負けやしないよな。まったく、こんなに立派に育つって知ってたなら、最初から教えてくれればよかったのに。おまえがあんまりみすぼらしい恰好《かっこう》してたから、なんとか栄養つけさせなくっちゃって、おれ、はりきりすぎちゃったじゃないか。ああ、損した」

冗談めかして明るく笑ったつもりだったが、金色の単眼に映った自分の顔はとてもそうは見えなかった。大きく育った生き物に比べ、思わぬ病気にかかって痩せ細った姿は骸骨《がいこつ》のようで、タダシは余計に哀《かな》しくなった。

「でも……小さなときのおまえに逢えてよかった。おまえがあんまり弱々しかったから、なんとかしようって気に初めてなれたんだと思うよ。おかげで、親父に反抗できた——殴られっぱなしの毎日から逃げ出せた。知らないやつばっかりの職場にも平気で飛びこんでいけたし、きつい仕事だっていやだとも思わずにこなせた。おまえに逢う前だったら、そんなことできたかどうか、自信ないや。おまえがいたからできた……おまえが力をくれたんだな。ああ、そうだ、思い出した……」

　タダシは潤《うる》み出した目を手の甲で乱暴にこすった。

「あれって、誰が言ったんだろ。中学のときの担任かな、小学校のときのかな、もしかしたら、おふくろかもしれないけど……。神さまってわざと弱い人間の姿で現れることがあるんだってさ。よぼよぼのじいさんとか、ガキとか。だから、年寄りや小さな子供は大事にするもんだってお説教じみたオチがついてたけど、おれ、それはおかしいよなって聞いたときは思ったんだ。だって、なんでもできる強そうな神さまじゃなきゃ、頼りなくて神頼みしたくなくなるじゃんか。よぼよぼの年寄りや、洟垂《はな》らしたガキが何してくれるっていうんだよ。なあ、そう思うだろ？」

　タダシが吐き出した息で窓ガラスが曇った。手のひらで曇りをぬぐい、顔をもっと窓に近づけて、彼は先を続けた。

「でも――でも、小さくて、頼りなくて、弱っちかったから、おまえはおれの神さまだったんだ」

　黒い生き物はタダシをみつめている。鳴きもしない。じっと彼の声に耳を傾けているように見える。

「いまでもおれの神さまだよ、おまえは。大きくて強そうで、空まで飛んじゃって、いかにもって感じになっちゃっても。だから、神さまにお願いしてもいいかな。叶えてくれるかな、最初で最後の本気の神頼み」

タダシは窓をあけ、本気の願い事を口にした。

「やつにとどめを刺したい」

外の冷たい空気といっしょに、翼の生えた単眼の生き物が頭を病室につっこんでくる。大きく口をあけると、ずらりと並んだ鋭い歯がタダシのすぐ目の前に現れた。

唾液《だえき》の糸をひいた鋭いそれで、異形《いぎょう》の生き物は彼の頭に齧《かじ》りついた。


――響き渡る悲鳴が、ナースステーションでうたた寝していた夜勤の看護師の耳を打った。彼女はすぐさま跳ね起き、懐中電灯を片手に廊下の奥の病室へ走った。

悲鳴は若い男のものだった。今夜、病院に残っている男性の患者は奥の病室にひとり、いるだけだ。

「どうしたんですか⁉」

病室に飛びこむや否《いな》や、今度は彼女が悲鳴をあげた。懐中電灯が照らした部屋の中は、一面、血の海だったのだ。

パニックに陥《おちい》った看護師は闇雲に懐中電灯を振り廻す。その光が、さらに凄惨《せいさん》なものを照らし出し、彼女はまた悲鳴をあげた。

冷たい外気が吹きこんでくる窓辺に、パジャマ姿の少年が仰向けに倒れていた。彼には首がなかった。そればかりでなく——とても大きな獣が死体の上にのしかかっていた。

翼を持った、黒い大きな獣。たったひとつの金色の目が、犬に似た顔の中央でぎつく光っている。獣にはもうひとつ、顔があった。

人間の顔だ。

黒い肩の上に、獣の顔と人間の顔が並んでいる。

この病室にいた、若い入院患者の顔だとわかった瞬間、看護師は気を失ってしまった。

床に崩れ落ちた看護師に、黒い生き物はゆっくりと近づいていく。金色の単眼を輝かせた獣の顔のほうが濡れた鼻を彼女の脚に寄せて、ふんふんとにおいを嗅《か》いだ。タダシは声を出さずに思念でそれをたしなめた。

そっちじゃない、と。獲物はそっちじゃない。

翼とふたつの異なる頭を持った黒い生き物は、くるりと方向を変えて窓辺に行き、外へ飛び出した。力強い翼をいっぱいに広げて、夜空に舞いあがる。その大きさにもかかわらず、黒い身体は高く速く虚空《こくう》を飛んだ。

金色のひとつ目も、タダシの目も、地上に向けられていた。どちらも獲物を探してぎらついている。求めるものはすぐにみつかった。病院の中庭を横切って、正門めがけて全速力で走っている男がそうだ。

男の後頭部は不自然にへこんでいる。周辺の髪の毛は血で濡れて、べったりと毛先が固まっている。そんな状態でも走れるのは、彼がこの世のものではないからだ。

むこう——タダシの父親は自分が狙われているのにすでに気づいていて、頭上高くを飛ぶ異形の生き物を何度も見上げている。いつもニヤニヤ笑っていた顔を、いまは恐怖でひきつらせて。

獲物はあれだ。さあ、行こう。

タダシの思念に促されて、漆黒の翼が急降下を始める。逃げる死人の上に、正確に舞い降りていく。獣の太い前脚が獲物の肩を押さえこむ。やめてくれ、助けてくれと父親は叫んでいる。しかし、命乞《ご》いの言葉になど、どちらの頭も耳を貸さない。

血で濡れた父親の頭にかぶりついたのは、単眼の獣のほうでなく、タダシ自身の牙だった。

心配しないで

「わたしのせいじゃないわ」

ひとり暮らしのアパートの一室で、ベッドにすわった樋口絵里《ひぐちえり》は、ずっとそうくり返していた。

佐伯直子《さえきなおこ》があんなことになったのは、絶対にわたしのせいじゃない、と。

きっと、世界中の人間が同意してくれるだろう。誰も、直子の親兄弟でさえも、絵里を責めたりはすまい。

絵里当人も、頭ではちゃんと理解していた。彼女自身は何もしていないし、あの事故を止めるすべもなかった。むしろ、絵里こそ被害者といってもいい。

それでも、すぐ目の前で起きた出来事がショッキングで、なおかつ自分が少なからず関《かか》わっていると知っているがゆえに、混乱せずにはいられない。もうかなり遅い時刻なのに、ベッドに横たわる気にもなれず、絵里は自分の肩をしっかりと抱きしめていた。どうしてこんなことになってしまったのかと、頭痛がしそうになるほど深く悩みながら。

発端《ほったん》のあの日——絵里の通う女子大の中庭では、午後の陽射《ひざ》しを受けて新緑の梢《こずえ》が明るく輝いていた。

植えこみのツツジが咲き始めているのが、階段教室で講義を受けていた彼女の位置からもよく見えた。緑の上の濃いピンク、薄いピンク、朱色、そして白が実に鮮やかで、国文学の講義など受けていないで、外に飛び出していきたくなった。

きっと大半の学生がそう感じていただろう。昼休み直後の三時限目だけあって、船を漕《こ》いでいる受講生は少なくない。

絵里も軽い眠気に見舞われていた。退官間近の六十をすぎた教授の声は子守唄には渋すぎるが、講義の内容はぴったり。夢の話だった。

「その昔、わが国では夢は外からやってくるものと考えられていました。いまとは全然逆ですね。つまり、好きな異性の夢を見た場合、それは自分が相手のことを思っているからではなく、むこうが自分のことを考えているから、深く気にかけているから夢の中に現れたのだと解釈したのです。かの絶世の美女、小野小町《おののこまち》の歌にも、夢を詠《よ》んだものが何首《なんしゅ》か伝わっています」

教授は学生に背を向けると、ホワイトボードに和歌を二首書きつつ、マイクを握って説明を続けた。

「『思ひつつ寝ればや人の見えつらむ夢と知りせば覚めざらましを』――意味はきみたちにもわかるでしょう。恋する相手が夢に現れた、夢と知っていたら目醒《めざ》めなかったのに、と悔やんでいる歌です。『うたた寝に恋しき人を見てしより夢てふものは頼みそめてき』――これもストレートですね。うたた寝であのひとを夢に見て以来、はかない夢でも頼もしく思えてきた、と言っているわけです。昔の感覚でいうなら、自分が彼の夢を見たのは、彼が自分のことを強く思っているせい。つまり、小野小町とこの歌に出てくる『人』とは相思相愛、両思いなんですよ。うらやましいですねえ。とても」

学生の何人かがお義理で笑う。絵里もそのうちのひとりだった。

「夢が託宣《たくせん》、神仏からのメッセージであると古人が信じて夢解きに熱中したのも、それが外部からわが身へ依《よ》り来るものだと信じられていたからであります。そこから、夢に因《ちな》んだ数多くの逸話《いつわ》が生まれるのですが――」

ようやく眠気が醒めかけ、絵里も真面目《まじめ》にノートを取ろうとしていた。そこへチャイムの音が鳴り響く。

「では、今日はここまで」

教授のその声で、みんな、がたがたと椅子をひいて立ちあがる。絵里もあくびを嚙み殺してペンを片づけ出した。

ふと、彼女の机の前で、誰かが立ち止まった。絵里が顔を上げると、彼女を見下ろしている直子と視線が合った。

一見、地味な女の子だ。他の女子大生たちが、春らしいパステルカラーに身を包んでいるのとは対照的に、シャツは濃いえんじ、ジーンズは黒、腰にぴたりとくっつけるようにして提《さ》げているバッグも黒。長い髪を後ろで無造作に束ね、化粧気もない。

それが悪いとは絵里も思わない。どちらかというと彼女もそういうタイプだった。つい最近までは直子のように目立たない色の服を着、華やかな一団とは交じり合うことも争うこともなく、女子大のキャンパスの中で上手に棲《す》み分けていた。最近、着るものに気を遣《つか》うようになったのは付き合う相手が出来たせいだ。

ただし、口紅のにおいが嫌いで化粧はいまだにしていない。そんな自分は棚の遥《はる》か高くに上げて、いま目の前にいる直子には「口紅だけでもしたら?」と勧《すす》めたくなった。それくらい、顔色が悪い。肌はくすみ、目の下はぽってりと膨《ふく》らんでいる。明らかに睡眠が足りていない。

こんなにきれいな顔をしているのに、いろいろともったいない——と、絵里は思わずにはいられなかった。地味に装《よそお》い、いかにも不健康そうな顔色をしていても、直子は整った顔立ちの持ち主だったのだ。

その直子は、妙に冷ややかなまなざしで絵里をじっと見下ろしている。

「佐伯さん……？」

何か用、と続けようとした言葉は、途中でさえぎられた。

「いいかげんにしてくれない？」

一瞬、聞き間違いかと思った。

「はい？」

「夢に出てくるのよ」

抑揚のない、低い声だった。

「あなたがわたしの夢に出てくるの。迷惑だから、もう、やめてよね」

そう言うと、直子はぷいと顔を背《そむ》けて行ってしまった。

絵里はあっけにとられて、彼女の後ろ姿を見送るしかなかった。あまりに理不尽《りふじん》な言いように怒りがむらむらと湧いてきたのは、直子が教室から出ていってしばらく経《た》ってからだった。

その日の夕方、絵里は恋人の宣之《のぶゆき》と待ち合わせをしていた。いつもなら、彼の顔を目にした途端、彼女自身の表情もほころぶのだが、今日はそうもいかない。直子のことが頭に残っていたせいだ。

「どう思う？」

全国チェーンのにぎやかな居酒屋で飲みながら例の一件のことを話すと、宣之はビールジョッキを片手に笑い飛ばした。

「なに、それ？　夢に出てくるなって、そりゃ無理だろ。むこうが勝手に見てるんだからら」

「だよね。相手の夢にまで責任持てないもの」

望みどおりの答えを得られて気をよくし、絵里はビールをぐいっとあおった。いつもよりペースが速い。そうでもしてこの憂《う》さを晴らさなくてはと、彼女は無意識に自分への言い訳をしていた。

「ちょうどね、国文学の講義で、歌に出てくる夢の話をされたのよ。昔は、夢は外から来るものだと考えられてたって話。それと混同しちゃってるみたい。バカよね」

「絵里、その子と仲いいわけ?」

訊《き》かれて、彼女は小首を傾《かし》げた。

「悪くはなかったと思う……。会えば普通に話す程度。学部がいっしょだから、去年もいくつか同じ講義をとってたし。あ、ほら、一時期、うちのサークルに入ってたじゃない」

宣之と出逢《であ》うきっかけになった、学外のテニスサークルのことだった。直子も去年、ほんの数カ月、彼らと同じサークルに所属していた。

「え? その子、名前は?」

「佐伯直子」

宣之は目を細め、ほんの少し考えてから、ああとつぶやいた。

「髪、後ろで縛ってた子か。一見、地味めだけど、実はきれいな顔してた」

うなずきながら、やっぱりねと絵里は思った。やっぱりおぼえていたんだ、あの子のきれいさにも気づいていたんだ、と。

宣之は男女問わず、誰にでも優しい。直子にも当然、優しく声をかけたことが一度か二度はあったんだろうと容易に想像できた。

「そういや、練習サボりがちだったよな……。うん、『最近、来ないね。どうかしたの?』って声をかけたことはある。一度か、二度」

問い詰めるまでもなく、宣之本人がそう白状した。

「反応は特になかったなぁ。そのあと、夏の合宿が終わってからぱったり来なくなったんだよな」

「うん、そうね。その頃あたりに来なくなった」

そういえば、合宿のとき、女の子の誰かが言っていた。

『気をつけたほうがいいわよ。佐伯さん、あなたの彼氏のこと、ずっと見てたから』

絵里はそのお節介な忠告を軽く笑い飛ばした。宣之が女の子に優しいのはいつものこと、何も直子を特別扱いしたわけではないと思って。

（それとも——佐伯さんが美人だって気づいていたから？）

ふっと頭の片隅に生じかけた疑問は、宣之に話しかけられたために霧散《むさん》する。

「単に面倒になってやめたのかと思ってたけど、もしかして合宿のとき、女の子たちの間で何かあったとか？」

絵里はすぐさま否定した。

「まさか。なんにもないわよ」

「心当たりは全然なし、か。ま、あったかくなってくると、気持ちも不安定になるし。五月病かな。彼女もちょっとしたことでくさくさして、誰でもいいからいちゃもんつけたくなったんだろ」

「そりゃあ、まあ……あんまり友達多くはなさそうだったし、明るい性格とは言い難《がた》いから、ストレスためることも多いんでしょうけど」

いつも暗色の服を身につけ、大きな黒のバッグを盾《たて》代わりに身体にぴったりと押しつけ、目立つのをおそれるように廊下の端を歩く直子の姿が、絵里の脳裏に浮かんだ。サークルに出てきたときも、彼女は積極的に他人に話しかけるでもなく、いつも居心地悪そうにしていた。

そういえば、絵里自身も彼女に一、二度、声をかけていた。何を話したかは記憶にないが、きっと会話ははずまなかったろう。

「普段からおとなしくて、すごく地味な子だから。キャンパスでもひとりでいることが多いみたい。あれじゃあ、悩み事があったとしても相談相手なんかいないんだろうなぁ」

「やれやれ、その子もかわいそうに」

宣之が自分以外の女に同情的なことが、絵里の癇《かん》に障《さわ》った。条件反射的にむっとして、無意識に口調がきつくなる。

「でも、それとこれとは話が別よ。いきなり言いがかりつけられて、気分悪いじゃない。こっちはなんにも悪くないのに」

「怒らない、怒らない」

　宣之は呑気《のんき》にくり返しながら、サラダの残りを全部自分の皿にさらっていった。カラになった皿を右手に持ったまま、ふっと彼が視線を周囲にさまよわせる。すぐ近くを通っていた女子店員が気づいて寄ってきた。

「お皿、下げましょうか」

「うん、お願いします。それから、ジョッキひとつ追加ね」

　店員のそっけない問いかけに対し、宣之は嫌味のまったくない笑顔と明るい声で追加注文をする。釣りこまれたように、女子店員は中途半端な笑みを浮かべた。

　ああ、まただ、と絵里は思った。じんわりと湧いてきた不愉快な感情を噛みしめる。どうしてこう、誰にでも見境なく優しいのかと、彼を問い詰めたい衝動に駆られたのはこれで何度目だろうか。

「ほっとけよ。気にするな」

　彼がそう言ったのは、もちろん、直子に関してのことだった。

　絵里もそれがいちばんの対処法だと思うし、彼女を捕まえて文句をつけるつもりなどさらさらなかった。へたに逆恨《さかうら》みをされても怖い。

「うん。もう、何を言ってきても無視する。無視、無視」

デートの席でのちょっとした近況報告。軽く愚痴《ぐち》って、あとはすっぱり頭から追い出したつもりだった。

翌週の講義で、絵里は階段教室に入るなり、直子の姿を探した。彼女はすでに中ほどの席についていた。が、絵里には気づいていない。机にうつぶして居眠りをしていたのだ。

絵里はホッと胸をなでおろして、いつもの席に座ろうとし、思い直してずっと後方の席に移動した。

直子が目を醒ましたとき、視界に自分がいないほうがいいだろう。講義が終わったら、いち早く後ろの出入り口からひきあげよう。

そこまで気を遣うのも腹立たしかったが、トラブルを避けるのにはそのほうがいいように思えた。

定刻きっかりに教授は現れ、講義が始まった。穏やかな午後の陽気に加え、ゆっくりとした語り口調に、十五分もすると多くの学生の頭がふらつきだしたのが、後方にすわった絵里からはよく観察できた。

講義に集中できなくて、視線は自然と直子に向いてしまう。彼女はうつぶしたまま、微動だにしていない。ずっと眠り続けている。よほど睡眠が足りていないらしい。

（やっぱり、身体の調子が悪いのかな）

絵里が心配する筋合いでもないのだが、そんなことを考えていると、ふと、視界の隅を小さなものがよぎった。

蝶だ。

あけ放たれた窓から迷いこんできたのだろう、白い小さな蝶がゆらゆらと宙を漂っていく。

（あんな白い蝶、合宿でも見たな……）

絵里は蝶の動きを目で追いつつ、サークルの合宿のときのことを思い出していた。場所は軽井沢《かるいざわ》だった。合宿とは名ばかりで、テニスの練習に費やした時間はほんの少し。大部分は、観光客相手の雑貨店を覗《のぞ》いたり、花火や酒盛りで大騒ぎをしているうちにすぎていった。

白い蝶を見たのは、早朝、女の子数人で森の中を散歩していたときだ。天気のよさと朝の空気の気持ちよさに、誰からともなく「散歩行こうよ」と言い出して、たまたま目を醒ましていた何人かが外に出たのだ。その中に、確か、直子も交じっていた。

早朝の森を歩くのはすがすがしく心地よかったが、前の晩遅くまで起きていたせいもあって絵里はあくびばかりしていた。そのとき、どこからともなく、白い蝶が現れて、彼女たちの周囲をずっと飛び廻《まわ》ったのだ。

絵里はきれいな蝶がまとわりついてくるのが楽しくてはしゃいでいたが、中には嫌がっていた子もいた。直子は嫌がっていたような気がする。

しばらくして、蝶は現れたときと同様、どこへともなく飛び去ってしまった。いま教室を飛び廻っている蝶は、あのときの蝶によく似ていた。もっとも、白い蝶など珍しくもないが……。

小さな蝶はうつぶせになっている直子の頭上まで来ると高度を下げ、彼女の髪にふわりと止まった。次の瞬間、直子は弾《はじ》かれたように顔を上げ、金切り声を発した。

ホワイトボードに向かっていた教授が仰天《ぎょうてん》して振り返る。他の学生たちも、いっせいに直子に注目した。

直子は目を大きく見開き、いま自分が置かれている状況を確認するように教室中を見廻している。その視線が絵里に向けられた途端、表情が大きく歪《ゆが》んだ。恐怖と怒りとが同時に浮かびあがり、彼女は何事かを叫ぼうとして、やめた。教授が声をかけたからだ。

「どうかしましたか？」

「いえ、あの」

前に向き直った直子は、しどろもどろになっていた。

「夢を……」

言いかけて片手で口を押さえたが、もう遅い。

「ほう、悪い夢でも見たんですかね？」

学生たちが失笑した。直子はうつむいている。その耳が真っ赤に染まっているのが、離れた席についている絵里の目にもはっきりと見て取れた。

「ふむ。夢の講義をしていたからかな？　きみはダンブリ長者の話は知っていますか」

教授は直子の返答を待たずに説明し出した。

「ダンブリとはトンボのことですよ。昔、ある男が昼寝をしていたところ、トンボが一匹、男の口に止まってはむこうの山陰に飛んでいき、また戻ってくる。それを見ていた女房が男を起こすと、男は酒の湧く泉の夢を見たと言い、不思議に思ったふたりがむこうの山陰に行ってみると、夢で見た通りの酒の泉があり、その酒を売って夫婦は金持ちになった――と、まあ、そんな話で。酒の湧く泉というと、いかにもおとぎ話めいて聞こえるでしょうが、このての話は他にも数多くあります。眠っている者の口や鼻から、虫や火の玉の類《たぐい》が出ていく。それが戻ってきてまた体内に入ったかとみると、当人は目を醒まし、ここから遠く離れた場所の夢を見ていたと語るというのがパターンです。さて、きみの魂はどういった場所に飛んでいっていたのかな?」

　直子は何も答えられずに、ずっとうつむいている。教授もそんな彼女をかわいそうに思ったのか、それ以上の追及はせずに講義を再開させた。あの白い蝶はいつの間にかいなくなっていた。

　講義が終了するや否《いな》や、絵里は素早く後方のドアから逃げ出した。ぐずぐずしていると直子に捕まってしまいそうで怖かった。


　それからだ。直子のつきまといが始まったのは。

　誰から聞き出したのか、絵里の連絡先を調べて、連日電話をかけてくる。真夜中だろうが、早朝だろうがお構いなし。内容も支離滅裂《しりめつれつ》だった。夢の中に絵里が何度も出てきて、自分を一方的に責めるというのだ。そして、言うだけ言って、唐突に通話を切る。反論の隙《すき》も与えない。

　なのに、こちらから掛け直しても直子は出ない。抗議のメールにも反応なし。

　腹が立って、直子の番号は着信拒否にした。それでも気分は収まらなかったので宣之に相談したが、返ってきたのは「気にするなよ」の一点張り。最近では、絵里が直子の話を始めようとすると、またその話かよと言いたげに顔を歪められる。優しい彼は実際にその言葉を口にはしないが、表情の変化でそれとわかってしまうのだ。

おかげで、宣之からの誘いもめっきり減った。新学期でいそがしいからと言い訳されても、納得はできない。優しいと女の子に人気の高い彼のことだ。彼女の替えはいくらでもいるだろう。

（逢えば愚痴を聞かされてばっかりだから、宣之もいやになったのよ——）

絵里もそう自覚し、なるべく彼に愚痴は言わないよう気をつけてもいた。しかし、思うのと実際の行動とは別だった。

電話で悩まされることはなくなったが、大学に行くたびに直子は目ざとく絵里をみつけ、近づいてくる。「いいかげんにしてよ」と言うために。内容は変わらない。夢がどうのとくり返すばかりで埒《らち》があかなかった。

この手合いは無視するのがいちばん。幾人かから同じようにそうアドバイスされ、絵里もその通りだと納得して無視を決めこんだ。が、さすがに何度目か——五度以上、十度未満——のときに、面と向かって言ってやった。

「いいかげんにしてほしいのは、そっちよ！」

場所は大学の廊下。多くはないが、学生たちが何人か行き来していた。その全員が突然響いた大声に仰天し、いっせいに振り向いた。

不本意な注目を浴びて絵里はカッと赤面したが、直子はまわりなどまるで眼中にない様子で、ただ絵里だけを凝視《ぎょうし》していた。

いつかの国文学の講義のときよりも、痩《や》せている気がした。目の下は黒ずみ、白目は真っ赤、唇は紫。顔色はすでに土気色《つちけ》だ。見ているだけで、まるで死人と対面しているような恐怖が絵里の中に生まれてくる。

「わけのわからないこと、言わないでよ。迷惑してるのはこっちなんだから」

言いたいことはいっぱいあったはずなのに、それだけ怒鳴ると、絵里は後ろも見ずに走り出した。憔悴《しょうすい》しきった直子にも、他の学生たちの視線にも耐えきれなくなって。

以来、絵里は大学に行くのが怖くなった。行けば、どこからともなく直子が現れて自分の前に立つ。それがいやでたまらなかった。

(どうして、彼女はあんなにしつこくつきまとうの)

その疑問は、すでにもう何度も自分に問うてみている。何か、彼女の恨みを買うようなことを、自分は気づかぬままにしでかしたのだろうか、と。

いくら考えても、心当たりはみつからない。同じ大学の同じ学部で、一時期、同じサークルにいたという程度しか、接点を見出《みいだ》せないのだ。あるいは、サークルに在籍していたときに、こっちが何気なく言ったひと言にむこうが傷ついて——といったことがあったのかもしれない。しかし、確証もないし、言い出せば切りがない。

（やっぱり、宣之のこと？　佐伯さんは彼がまだ好きで、それでわたしを憎んでて……）

いちばん納得できる答えがそれだった。だとしても、どうしようもない。そんなことで、宣之と別れたくなどない。

まだ学期が始まったばかりで出席日数を気にするには早いが、この状態が長く続くと単位も危うくなりかねない。打開策のみつからぬまま、ひとり暮らしの六畳一間で悩んでいるうちに、日が暮れてしまう。そんな日々が続くと、余計に気が滅入《めい》ってくる。

せっかくの春なのに。天気はいいし、新しい服も買いに行きたいのに。宣之にも逢いたいのに、誘いがない。

ずっと閉じこもっていると、自滅への悪循環にはまりそうだった。絵里はとりあえずアパートを出て、すぐ目の前の私鉄の駅に足を向けた。行き先は決めていなかった。

（宣之のところへ行こうかな。でも、あんまり頼りすぎると嫌がられるか……）

今日は必修科目のある曜日だ。いまから行けば、充分、講義には間に合う。が、大学に行くという選択肢は、最初から絵里の頭にはない。あそこは直子に出くわす確率が最も高い場所だ。

（とにかく、どこかへ行こう）

定期で改札を通過して上り線のホームに立ち、絵里は電車を待ちつつ、なんの気なしに線路を挟んだ向かいのホームを見ていた。駅の手前の踏み切りで警報機の音が鳴り響く。電車が近づいてくる。下り電車だ。

構内に滑りこんできた車両から、反対側のホームに乗客たちが降りてきた。その中に――黒い大きなバッグを、腰にぴったりとくっつけて歩いている若い女性がいた。

絵里は悲鳴をあげそうになって、あわてて両手で口を押さえた。

声は出していない。その前に、自分の口をふさぎおおせていた。なのに、直子は立ち止まり、こちらを振り返った。

血走った目を大きく見開き、直子が荒々しく叫んだ。下り電車はすでに行ってしまったのに、警報機の音がまだ鳴り響いている。その甲高《かんだか》い音にかき消されて、直子の台詞《せりふ》は聞き取れない。それでも、構内にいたひとびとがぎょっとして足を止める。

大学の廊下での再現のよう。今度はそれが絵里の住んでいる街の駅で起こってしまった。どうして直子がここにいるのか――もちろん、偶然などであるはずがない。絵里に逢いに来たに違いない。電話は通じないし、大学で顔を見ることもなくなって、怒りの吐き出しどころを見失った彼女は、直接アパートへ怒鳴りこみに来たのだろう。

直子は叫んだだけではなかった。線路に飛び降り、絵里のいる上りホームへとまっすぐ走ってきた。

絵里は逃げることもできずに立ち尽くし、相手が迫ってくるのをただ見ていた。上り電車が構内に入ってきて、直子を撥《は》ね飛ばす瞬間も。

踏み切りの警報機は、上り電車のために鳴り響いていたのだ。


「わたしのせいじゃないわ。線路に降りたあのひとが悪いのよ。撥ねられたって、自業自得《じごうじとく》よ。あんなひと、いっそのこと……」

誰も聞いている者はいないとはいえ、その先を口にするのはさすがに憚《はばか》られ、絵里は唇をきつく嚙みしめた。そうしたところで、胸の内でのつぶやきまでは消せない。

(あんなひと、いっそのこと、死んでしまえばいい。そうしたら、もうこれ以上、つきまとわれずに済むもの)

線路に降りた直子は、ちょうど構内に入ってきた上り電車に撥ね飛ばされた。電車のスピードがかなり落ちていたこともあって一命はとりとめたが、全身を強く打っており、意識不明の重体だという。まさにいま、彼女は病院で死線をさまよっているのだ。

誰かの死を強く願う。そんなことはいけないと何度打ち消しても、沼の底から湧きあがる泥色のあぶくのように、暗い願望は絵里の中で居すわり続けた。

(だって、だって、あのひとはわざわざうちに来ようとしていたのよ。もし、駅でなくアパートで顔を合わせていたら、わたしひとりで対処できたかどうか……)

そのとき、来客を告げるインターホンがいきなり鳴り響いた。

絵里は文字どおり飛びあがった。上半身をのばして、ドアを凝視する。そうしてみつめていれば、誰が来たのかわかるとでもいうように。もちろん、そんなことはない。

再び、インターホンが鳴った。一回目との間隔が短い。せっかちな来訪者だ。

「誰?」

絵里は小さな声でつぶやいた。相手に訊《き》いたのではなく、自然に口をついて出た言葉だった。

時刻は夜の十一時過ぎ。宅配便の類はもう来ないはず。宣之か、別の友人かとも思ったが、彼らならひとり暮らしの絵里に気を遣って、いまから行くと事前に電話連絡するはずだった。

ならば、ドアのむこうにいるのは一体、誰か。

絵里はおそるおそる立ちあがり、足音を忍ばせてドアに近づいた。あけるつもりはなかった。ドアについている覗《のぞ》き穴から、誰が来たのか確認しようとしたのだ。激しく鼓動を打っている胸を片手でぐっと押さえ、絵里は覗き穴に顔を近づけた。黒っぽい服がちらりと見えた。

アパートのドアの外に立ち、インターホンを鳴らし続けていたのは、直子だった。絵里が悲鳴をあげなかったのは、奇跡といってもいいだろう。彼女はじりじりと後ろにさがり、奥の六畳間へと逃げこんだ。

自分の目で確認した事実が信じられなかった。だが、黒っぽい服を着てドアの前に立っていたのは間違いなく直子だ。今日の昼間、絵里の目の前で電車に撥ね飛ばされて重傷を負ったはずなのに。あれからまだ半日も経っていないのに。

耳障りな電子音は連続して鳴り続き、唐突にやんだ。応答がないことに焦《じ》れた訪問者は、今度はがんがんとドアを叩《たた》き始めた。拳《こぶし》で叩いているのだろう、ドアをぶち破りそうな勢いだ。

絵里は六畳間に立ち尽くしてドアを凝視していた。しっかりと自分で自分を抱きしめても、震えが止まらない。思考が停止してしまって、電話で助けを呼ぶといったことも考えられない。

ドアを打ちつける音は、また唐突に止まった。

インターホンも、もう鳴らない。絵里の耳に聞こえるのは、自分自身の息遣いと置き時計が時を刻む音だけ。

来訪者はあきらめて帰っていったのだ。

絵里は大きく息を吐いて、その場にすわりこんだ。いやな汗が部屋着の下を伝っていく。本当に帰っていったかどうか、もう一度ドアの覗き穴から確認しなくてはと思うが、虚脱感から身体を動かせない。

それでも、かたわらのベッドに手をついて、のろのろと立ちあがろうとした。その直後、背後で、窓ガラスが鳴った。

とん。

絵里はびくりと身を震わせ、中腰の姿勢のまま、固まってしまった。

再び、窓ガラスが叩かれる。

とん。とん。

空耳ではない。風の音とも違う。誰かが、外から絵里の部屋の窓を叩いている。

ここはアパートの二階。だが、周囲にはブロック塀《べい》がめぐらせてあるし、それを足がかりに雨樋《あまどい》を伝って登ることは可能だ。

とんとんとんとん。とんとんとんとん。

ガラスを叩く音は執拗《しつよう》に続いている。何者かが窓のむこうにいるのは疑いようがない。何者かは叩くだけではなく、窓枠を揺さぶり始めた。

鍵はちゃんとかけている。カーテンも隙間《すきま》なく閉ざしている。だが、それだけだ。絵里と相手を隔《へだ》てるものは、ガラス一枚とカーテン一枚だけ。そんなもの、どうとでもなる。

呆然としているうちに、恐れていた音――ガラスの割れる音が響き渡った。あいた穴から指を差しこんで鍵を外したのだろう。サッシの窓が勢いよく開く。

カーテンが夜風にふわりと舞いあがった。窓枠に片足をかけ、上半身を部屋の中に突き出してきたのは、黒っぽい服を着た直子だった。

いつもは後ろでまとめている髪が、今夜は乱れ放題。窓枠を握りしめている右手は血だらけだ。彼女は拳でガラスを叩き割ったのだ。

相変わらず、顔色は土気色。なのに、目は異様にぎらついている。直子はその血走った目で絵里を見据えて言った。

「いいかげんにしてよ、樋口さん」

もう春なのに吹きこんでくる夜風は冷たい。直子の口調はもっと冷たい。

「あれほど言ったじゃないの、わたしのことはほっといてって。何も考えないでよ。わたしのことなんか。わたしはあなたのことなんか、これっぽっちも考えていないわ。あなたなんか、どうだっていいのよ。なのに、そのあなたがわたしの夢に出てくるなんて、おかしいじゃない。絶対、変よ」

一方的に責められながら、絵里は直子の顔をじっと凝視していた。こんな状況でも、彼女の美貌に目を奪われて。病人のようにやつれていても、常軌《じょうき》を逸《いっ》した主張をくり返していても、直子は本当にきれいだったのだ。しかし、直子自身はそんなふうに見られていると、まるで自覚していない。

「どうして夢に出てくるのよ。どうして、わたしを責めるのよ。『そんなんじゃ駄目よ』だの『どうしようもないわね。だから友達も彼氏もできないのよ』だの、なんで、あなたに言われなくちゃならないのよ」

「わたし……わたしは……」

さすがにこれは正さなくてはと思い、絵里はひりつく喉《のど》から切れ切れに言葉を押し出した。

「そんなこと、言ったおぼえ……」

「言ったのよ、夢の中で！」

直子は嚙みつかんばかりの迫力で言い放った。

「サークルの集まりでも似たようなこと、わたしに言ってたわ。『ちゃんと続けて出てこないと駄目よ』とか『いっしょにがんばりましょうよ』とか。大きなお世話よ」

その程度のことは確かに言ったかもしれない。だが、きっと他のメンバーも似たような励ましはしていたはずだ。

「それは……普通、誰だって……」

「あなたがわたしの心配なんかするからでしょ、こんなことになったのは」

「心配したらいけなかったの……？」

「そうよ。おかげで、わたしは一睡もできなくなったわ。眠りってものをとりあげられた人間の気持ちがわかる？　こんなのは心配じゃないわ。あなたはわたしのことなんか、これっぽっちも気遣ってないもの。本当は、本当は、自分の彼氏を見ている女がこの世に存在するっていうのが、いやでいやでたまらなくて――」

「それは違うわ。絶対に違う」

「違わないわよ」

「やめて、やめてよ」

絵里は首を左右に振りながら、弱々しくくり返した。

「帰って。帰ってよ」

本当は大声をあげて助けを呼びたいのに、この程度の声しか出てこない。わかってもらえない絶望感に、気力から何から削り取られてしまっているせいだった。

助けは呼べずとも、窓ガラスの割れる音や、直子の怒鳴り声は周辺に響き渡ったはずだ。なのに、アパートの他の住人はなぜ様子を見にも来ないのか。聞こえているのに、トラブルに巻きこまれるのがいやで無視しているのかもしれない。あるいは、すでに警察に通報してくれたのかもしれないが……そんな期待をしていいものかどうか。

直子は一歩踏み出し、片足を窓枠から机の上へと降ろした。ボールペンが土足で踏みつけられて、めきっと音を立てた。

「でもね、悪夢の正体に気がついたのよ、わたし。教授が講義で言ってたじゃない。夢は外から来るものだって」

にやりと直子が笑う。

「あなたがわたしにとり憑《つ》いたのよ。せせこましい独占欲でいっぱいの、偽善者のあなたがね。だったら、この世からあなたが、あなたさえ、いなくなれば――」

直子が血まみれの右手をのばしてきた。絵里は声にならない声をあげ、ドアに向かって一目散《いちもくさん》に走った。さっきまで身体に力が入らなかったのが嘘のように、足が前へ前へと出る。

絵里は外へ飛び出し、駅に向かって全力疾走した。駅員なら、きっと見て見ぬふりはすまい。

「樋口さん！」

直子の声が背後で響く。振り返らずとも、直子が窓を乗り越えて追いかけてきているのがわかった。むこうはまるで風のように速い。

アパートのすぐ前、踏み切りの警報機が鳴り響いていた。赤い光が点滅している。黄色と黒のまだらの棒が、ゆっくりと降りかけている。

その瞬間、絵里の中に明確な殺意が芽生えた。

（あそこへうまく誘いこめば——）

ためらいはなかった。こうでもしなければ、自分は直子に捕まってしまう。いまの彼女は尋常ではない。何を言っても——あなたのきれいな顔が本当に大好きなのよと打ち明けたところで、きっと理解してはもらえまい。

絵里は遮断機の下をくぐり、線路上に飛び出した。側面から迫ってくる電車のライトがまばゆい。絵里は構わず、前だけを見据えて向こう側に渡った。もう一方の遮断機の下を抜け、そこで初めて振り返る。

直子は長い髪を振り乱し走っていた。絵里の名字を呼びながら。

「樋口さぁん、樋口さぁぁぁぁぁん」

遮断機を飛び越えて、直子が踏み切りの中に入る。次の瞬間、風圧が絵里の身体を押し、電車が視界をさえぎった。

せわしなく、警報機が鳴っている。電車がレールを軋《きし》ませつつ、すぐ目の前を走っていく。

電車は駅の構内に入った。警報機はぱたりと鳴りやみ、遮断機が上がる。

絵里は両目をしっかりと見開いていた。追跡者の死を確認するために。

だが、直子の死体はどこにもなかった。彼女の姿自体が消えている。いくら見廻しても、血の一滴すらみつけられない。そんなことがあるはずはないのに。

あるはずがないといえば、そもそも駅で重傷を負ったはずの直子がここに来られるはずもない。では、何もかも罪悪感が見せた夢だったのか。

「そんな……」

絵里は脱力してその場にすわりこみそうになった。が、できなかった。ふいに、足首をつかまれたのだ。

踏み切り脇のすっかり花の落ちたツツジの低木の下から、その手はのびていた。直子だ。地面に腹這《はらば》いになった彼女は絵里の足をつかみ、すさまじい形相《ぎょうそう》でこちらを見上げていた。その手は窓ガラスを打ち破った際の出血で、生温かくぬめっていた。けして放すまいと爪

を立てて、

「ひぃぐちさぁぁん」

壊れた笛のように、ひゅうひゅうと息を洩らしつつ、かすれ声で呼ぶ。絵里は小さく悲鳴をあげ、直子の手を振りほどこうとした。しかし、直子はますます強く、爪を皮膚《ひふ》に食いこませる。

しゃがみこんだ絵里は手近な石を拾いあげ、無我夢中で直子の頭に振り下ろした。何度も何度も。

がはっと息を吐き、直子が白目を剝《む》いた。鼻孔《びこう》が大きく広がる。するといきなり、その鼻孔から白いものが滑り出てきた。

真っ白い蝶だ。

蝶は直子の鼻から出てくると、軽く身震いしてその翅《はね》を広げ、宙へ飛び立った。

直後、力尽きたように、直子は絵里の足首を放した。がくりとうなだれ、動かなくなる。

それどころか、絵里の見ている前で彼女の身体は消えてなくなってしまった。

人間ひとりがいきなり消えたのだ。絵里の足首には、握られた感触がまだ生々しく残っているのに。

あまりのことに動けずにいる絵里の鼻先に、白い蝶が止まった。蝶はためらいもなく、彼女の鼻孔に頭から潜《もぐ》りこむ。繊細な白い翅をぴったりと胴体部につけて身を細め、細い脚をせわしなく蠢《うごめ》かせて、一気に奥へと侵入してくる。振りはらう暇《ひま》もない。

「あっ」

そのとき、絵里はやっと理解した。どうしてこうなったのかを。

直子の主張がすべて正しかったのだということも。

直子が死んだと聞かされたのは、その二日後だった。駅の構内で電車に撥ねられ、運びこまれた病院で、その日のうちに息を引き取ったというのだ。

正確な死亡時刻は聞かされなかったが、夜の十一時過ぎだったに違いあるまいと絵里は確信していた。電車に撥ねられた直子が絵里の足を放したあの瞬間、病院のベッドに横たわっていた彼女は死んだのだ。

絵里のアパートに現れた直子は生霊《いきりよう》だった。その証拠に、直子が死んでからというもの、夜中の訪問は一度たりとも行われていない。

生霊のつきまといは終わった。死霊のつきまといは、いまのところ始まる気配すらない。生きているモノのほうが死んだモノより怖いと世間はよく言うから、その理屈で言うなら、直子の死霊をおそれる必要は全然ないことになる。

久しぶりに宣之に逢った。喫茶店で待ち合わせをしたのだが、絵里の顔を見るなり、彼は表情を曇らせた。

「大丈夫？」

「何が？」

絵里は屈託なく訊き返して、アイスコーヒーのストローに唇をつけた。

「何がって、顔色悪いぞ。体調、よくないのか？」

「ううん。そんなことないわよ。むしろ、気持ちは晴れ晴れしてるの」

「晴れ晴れ？　いいことがあったとか？」

「そう、いいこと。わたしにとって、とってもいいこと」

絵里は歌うように言った。

「わたしね、あのひとのこと、ずっとずっと考えていたのよ。自分でも意識していないいま。指摘されても気づけなかった。でもね、やっと考える必要がなくなったんだ。相手自体がこの世から消えちゃったから」

「えっ」

驚く宣之に、絵里は嬉々《きき》とした口調で直子の死を——彼女が昼間の駅で上り電車に撥ね飛ばされた話をした。その夜の出来事にまでは触れなかったが。

ひと通り聞き終わると宣之はため息をつき、椅子に深くすわり直した。その表情は複雑だ。よかったねと言っていいものかどうか、迷っている。

「それは……大変だったね。その、大丈夫か、そんなことがあって。なんだか、絵里が心配に――」

「心配しないで」

絵里は宣之の台詞《せりふ》をさえぎり、きっぱりと言った。

「お願いだから、そんなに気を遣わないでね。でないと、宣之がわたしの夢に出てきちゃうから」

「え?」

絶句する恋人に絵里は明るく微笑みかけた。その目がこれっぽっちも笑っていないことに彼も気づいたらしく、居心地悪そうに視線をそらす。

「よくわかんないけどさ……。とにかく、その、一段落ついたのならさ、気晴らしにどこか旅行にでも行こうか?」

「うん、行きたい行きたい! 来週とかどう?」

「来週か。そうだな、ううんとな、来週は……ちょっと無理かな」

そう答えた際、宣之の唇は少しひきつった。何か、後ろめたいことを隠すように。絵里はそれを見逃さなかった。

「ちょっとその、ゼミの発表があって、下準備にいそがしくて。次の週末なら空いてるんだけど、どう?」

「うん、いいわよ」

うなずきながら、絵里はさりげなく鼻を押さえ、自分自身にむけて秘《ひそ》かに言い聞かせた。

(駄目よ、心配しちゃ。考えすぎがいちばん駄目だって、佐伯さんが身をもって教えてくれたじゃない。ねっ)

声に出さなかったささやきに応じるように、鼻の奥で小さなものがもぞっと蠢く気配がした。

わたしのお人形

引っ越し業者さんの手によって、１ＤＫの一室に次々と段ボール箱が運びこまれていく。よそよそしかった新しい部屋が自分の荷物で埋まっていくのを眺めていると、なんだかわくわくしてくる。ああ、これでやっと仕切り直しができるんだなとホッともする。

友人の尚美《なおみ》も、わたしの気持ちが伝染したのか、はしゃいだ声を出した。

「ゆかりってけっこう荷物持ちだったんだ。これじゃ、今日一日で全部は片づきそうにないわね」

最初から、今日一日でなんて思ってもいなかったが、わたしはわざと重々しい声を出した。

「それは尚美のがんばり次第……」

「いや、無理だって」

笑いながら尚美が首を振ると、くるくるのクセっ毛が短いながらもポンポンとはずむ。

室内飼いの小型犬みたいだ。顔だちも幼いものだから、とても二十歳《はたち》の女子大生には見えない。

わたしたちは同じ女子大に通う友人同士。入学した当初からなぜか気が合い、二年に進級してからはいっしょのゼミを選択していた。

このアパートを選ぶときも、彼女は進んで付き合ってくれた。客観的な目でここはいい、あそこは駄目とアドバイスしてくれたおかげで、面倒だと思っていた家探しも予想外の即決ができた。

駅から徒歩十分圏内。大学からも近くて、陽当たりはまずまず。収納スペースをそれなりに確保できていて、街の治安もよし。家賃も全然、許容範囲。そんな優良物件にめぐりあえたのも、尚美がいっしょに選んでくれたからにほかならない。わたしひとりだったら、急ぐあまり適当なところで適当に手を打って、あとで後悔する羽目に陥《おちい》っていたかも。

荷物の運び入れは無事に終わり、業者さんたちは引きあげていった。さあ、これからがわたしたちの出番だ。

エプロンを身につけ、最近茶色に染めたばかりの長い髪をゴムで縛っていると、

「あ、そうだ。忘れる前に出しておくね」

尚美がそう言いながら、がさごそとスーパーのレジ袋を取り出した。中に入っていたの

は、履《は》き古されたスニーカー。サイズ的にどう見ても男物だ。

「弟のよ。ちょうだいって言ったら、ついでにこれもくれたわ」

続いて彼女が取り出したのは、人気ロボットアニメのフィギュアだった。けっこう大きな品だ。ビームサーベルと盾《たて》を手に、かっこよくポーズを決めている。

「……それをどうしろって？」

「このきったないスニーカーを玄関に置いて、ついでにフィギュアを靴箱の上にわざと飾るのよ。ちょっとオタクな彼氏と住んでますって設定ね。不審者よけのお守りになると思わない？　どうかな？　ダメ？」

上目遣《うわめづか》いになって不安そうに訊《き》いてくる。物自体はともかく、彼女の心配りが嬉しかった。つい、ほろりときてしまいそうなくらいに。

「ありがとう、本当にありがとう」

「貸しはわかりやすい形で返してね。ランチとかぁ、三時のお茶とかぁ、いっそディナーとか」

ふたりして声に出して笑った直後に、尚美は急に真面目《まじめ》な顔になった。

「冗談よ。この程度じゃ貸しにもならないもの。今回の引っ越しには責任感じてるんだ。わたしがゆかりを合コンに誘わなかったら、あんなやつと関《かか》わり合いになることもなかったのになあって……」

尚美が言っているのは、今回の引っ越しの直接の原因になった彼のことだった。頭数をそろえるために参加した合コンで、ちょっと愛想よくしたら勘違いされて、しつこくつきまとわれて――そんな、ありがちなパターンにはまってしまったのだ、わたしは。

気をつけていたつもりだったのに、ひとり暮らしの住所をつきとめられて待ち伏せまでされた。そのときはすぐに回れ右をして尚美のところに逃げこみ、事なきを得たけれど、すっかり怖くなったわたしは大急ぎで引っ越しを決めてしまったのだ。

それまで住んでいたアパートが、しょっちゅう水漏《みずも》れを起こすうえに駅から遠くて不便といった、できれば移りたい理由があったのも事実。だから、尚美がそんなに罪悪感を持つ必要はない。って、いくら言っても、ひとのいい彼女は気にし続けている。

「何度も言うけど、あれは尚美のせいじゃないし。ああいう手合いは、いま、どこにでもいるから。さ、それよりもこの段ボール箱の山、早く片づけちゃいましょうよ」

軽く流して、さっそく荷ほどきにとりかかった。尚美には本を棚に並べてもらう。わたしは服を出して、小さなクローゼットに移し替えていく。

季節はずれの衣服は段ボール箱に入れたまま、押し入れの上の天袋にしまうことにした。爪先《つまさき》で立ち、段ボール箱を押しこもうとしたが、途中で何かにつかえてしまい、奥まで入らない。

こんなに奥行きがなかっただろうかと不審に思い、わたしは跳びあがって天袋の中を覗《のぞ》こうとした。が、残念ながら奥までは見えない。

いきなり、ぴょんぴょんと跳びはね出したわたしに驚き、尚美が振り返る。

「何やってるの？」

「天袋に荷物が入らないのよ。押し入れと同じくらい奥行きがあるなら、絶対入るはずなのに」

「そこだけ、柱が張り出してるとか？」

そうかもしれないし、そうではないのかもしれない。

「脚立《きやたつ》……はないのよね」

仕方なく、わたしは事務用の回転イスを持ち出した。安定しないイスの背もたれを尚美にしっかり支えてもらい、座面の上に立ちあがる。鴨居《かもい》に両手をかけ、天袋の奥を覗いた途端、わたしは声をあげた。

「やだ。何かある」

「ええっ？　何？　何があるの？」

「ちょっと待ってて」

わたしは両手でそれをそっとつかみ、引き寄せた。長さが四、五十センチほどある長方形の桐箱《きりばこ》だ。造りはしっかりしていて、蓋《ふた》には渋い柄の和紙が貼られている。それほど重くもない。まったく身におぼえのない品だった。

蓋の上に薄く積もったホコリをふうっと息で吹き飛ばし、わたしはイスから飛び降りた。

「前のひとの忘れ物みたい」

「えええ、何よ、それ。どうして、リフォームのときに気づかないのかな」

「うっかり見落としたんでしょ。わたしたちもいままで気づかなかったんだし。……あけてみよっか」

「怖いこと言うみたいだけどさ、赤ん坊の死体とか入っていたら……どうする？」

「ちょっと、やめてよ」

黒いビニール袋だったのならともかく、ただの箱だ。異臭《いしゅう》もしていない。

「じゃあ、ひょっとして、すごいお宝だったりしたら？　ときどき聞くじゃない、ゴミの中から現金の束が出てきたとかさ」

「そんなおいしい話、あるわけないないない」

極端から極端に発想を飛ばせる尚美に苦笑いしながら、わたしは箱の蓋をあけた。不動産屋さんに届けるにしても、いちおう中身が何か知っておいたほうがいいと思って。

中に入っていた薄い和紙の覆《おお》いを左右にめくる。わたしは驚きを声には出さなかったけれど、尚美はうわぁと小さな悲鳴をあげた。

和紙に包まれ、箱に収まっていたのは、古い市松《いちまつ》人形だったのだ。

「やだ。顔、怖ぁい」

定番の黒髪おかっぱ。白い肌にガラスの瞳。一重《ひとえ》の目を心持ち下げ、おちょぼ口をほんのり開いて微笑んでいる。……笑顔なんだけど、尚美の言う通り、

「うん。確かに顔が怖いよね。ちょっと、ひびも入ってるし」

よく見ると左手の指先に欠けがあった。汚れもあちこちに浮いている。朱赤の着物も、刺繍《ししゅう》の入った帯もだいぶ色褪《あ》せている。

「かなり古いお人形だよね……。でも、この着物、いい物っぽいよ。帯に刺繍なんか入ってるし。ひょっとして、値打ち物だったりして」

「そうかもしれないけど、でも、日本人形はちょっと……」

本気で苦手らしく、尚美は両手を振りながら顔を背《そむ》けた。

「え？　尚美、お人形って駄目なほう？」

「うん。だって、なんだか目がいや。リアルだもん」

ガラスのお目々が、部屋に射しこむ陽の光を反射して、きらきらと輝いている。わたし

は別にどうとも感じなかったけれど、尚美はこの目が特に怖いらしい。そういうひとが多いのは知っていたけど、彼女もそうだったのか……。

「ただのガラス玉なんだけどなぁ。目が怖いなんて、カラスじゃあるまいし」

尚美は小さな子供のように足を踏み鳴らした。

「わかってても気持ち悪いのよぉ」

「はいはい」

薄紙で覆いをし直し、蓋をして視界から人形を隠してやると、尚美は露骨にホッとした表情を浮かべた。

「ゆかり、よく平気であんなにじっと見てられたわね」

「だって、ただの人形じゃない。それに、骨董品《こっとうひん》って嫌いじゃないのよ。死んだおばあちゃんがよく集めていたし」

「集めてたって、市松人形を？」

「違う違う」

わたしはあわてて首を横に振った。

「西洋アンティークのほう。いわゆるビスクドール。フランスの」

「うーん……ビスクドールも怖いなぁ。わたし、古いのは駄目なんだ。前の持ち主の怨念《おんねん》がこもってそうで。人形なんか特に苦手。お雛《ひな》さまとかも嫌い。よく聞くじゃないのよ、髪の毛がのびてきたとかさ」

「ないない」

笑い飛ばしても、尚美は気味悪そうに箱を横目で見ている。中身が気になって仕方ないらしい。しょうがないので、わたしは箱をベッドの下に押しやった。

「じゃあ、見えないようにここに置いておくから。あとで不動産屋さんに持っていくわ。前のひとの忘れ物みたいですって言って」

「ゆかりこそ忘れちゃわないでよ」

そう言われていたのに、荷ほどきに励んでいるうちに市松人形のことはすっかり忘れてしまった。思い出したのは、尚美と駅前のファミレスで夕食をとり、ひとりで部屋に戻ってきてからだった。

不動産屋さんに電話をしてみたが、営業時間をとっくに過ぎていたせいか、誰も応対に出ない。留守録にも切り替わらない。まあ、いいや、とつぶやき、わたしはベッドに身を投げ出した。

天井《てんじょう》に向けてため息をついてから横を向き、部屋を見廻《みまわ》す。今日からここがわたしの住まい。新しいお城。

がんばったけれど、さすがに全部は片づかなかった。未開封の段ボール箱や広げた荷物で、新居の床は九割がた埋まっている。

でも、今夜はもう何をする気力もわかない。おなかはいっぱいだし、身体はくたびれきっている。……それでも、これだけはやっておかなくちゃ。

携帯で実家に電話を入れると、すぐに母親が出た。

「あ、お母さん？　わたし。引っ越し、無事に終わったから。うん。尚美に手伝ってもらった」

ストーカーにつけ狙われていた話は言っていない。離れて暮らす親に心配はかけたくなくて。そんなことなら実家に戻ってきなさい、なんて流れになりかねないとの心配もあった。

引っ越したことで、この件はもう終わったも同然とわたしは思っていた。万が一、追いかけてくるようなことがあれば、そのときこそ警察に届けよう。大丈夫。きっと、自分の力で解決できるはずだから。

母親からは、両隣と上下の部屋にきちんと挨拶《あいさつ》しておきなさいよと念を押された。面倒くさいなと思いながら、はいはいと答えて電話を切る。

まあ……面倒だけど、お隣がどんなひとか、顔を見ておけば少しは安心できるかな、とは思う。ここは一階の角部屋だから、隣と二階のふた部屋だけで済むし。明日、大学の帰りにちょっとしたお菓子でも買って、と腹這《はらば》いになって考えながら、わたしは携帯電話の中に保存している画像を呼び出した。

小さな画面に映し出されたのは、アンティークドールの堂々たる正面アップ。

この子の名前はマリアンヌ。骨董好きだったおばあちゃんが生前、わたしに譲ってくれたお人形だ。

より詳しく言うならば、一八八〇年代にフランスの某有名工房で製作された、本物のアンティーク。七号サイズで高さは約四十三センチ。

フルジョイントのコンポジションボディ。澄んだブルーのペーパーウェイトグラスアイ。カールが入ったウィッグはアッシュブロンド。くっきりとした弧を描いた存在感のある眉、長くて密な下まつげも、これぞフレンチビスクドールといった華やかさを感じさせる。

指を横に滑らせて、次の画面を表示する。映し出されたのはまたもマリアンヌの写真。窓辺にたたずみ、その青い瞳を戸外《こがい》へと向けている。

横から見た頬《ほお》はさらにふっくらとして、オープンマウスからは真っ白な前歯が覗いている。コンセプトはそう……外の世界を夢見る深窓《しんそう》の令嬢。耳もとに揺れるパールのピアスがさらに清楚《せいそ》な感じを添えている。

次の画像は、実家の庭にたたずむマリアンヌ。ベージュのドレスが、芝の緑に映《は》えてとってもきれい。衣装自体は古いものじゃないけれど、アンティークのレースをふんだんに使った、ローウェストでプリーツスカートの定番デザイン。フリルたっぷりのボンネットも、もちろんおそろい。

次の写真もマリアンヌ。庭に咲いた薔薇《ばら》の花を、つぶらな瞳で覗きこんでいる。彼女の頬も薔薇色に染まっている。

「ああ、やっぱりかわいいよ、マリアンヌ……」

思わず、声に出る。顔がゆるむ。こんな小さな画像でさえにじみ出てくる愛らしさ。実物にいたってはもう、言葉にしようもない。ないったら、ない。

そんなに高いものじゃないのよ、だってよくある量産タイプだからっておばあちゃんは言っていたけれど、値段なんて関係ないわ。わたしのマリアンヌが世界一かわいいに決まってるじゃないの。

なのに、そのマリアンヌはいま、ここにいない……。ボディパーツを中で結んでいるゴムがくたくたになってしまったので、業者さんに修理に出したのだ。引っ越ししようと思い立ったのは、そのあとだった。

もう少し出すのを先延ばししていたら、手荷物で新居に持ちこめたのにと残念に思う。

……でも、人形嫌いの尚美にみつからずに済んで、かえってよかったのかも。ドールアイが苦手なひとが多いのは仕方ないんだけど、気持ち悪いだなんて面とむかって言われたら、やっぱり傷つく。この先、尚美が遊びに来るときは、マリアンヌを押し入れに隠しておくことにしよう。

そんなにアンティークドールが好きなら、市松人形も平気じゃないのかと言われてしまいそうだが、あれはちょっと苦手かな。全然、ジャンルが違うもの。

わたしのお人形はマリアンヌひとりで充分。早く修理から戻ってこないかな……。

いつしか、わたしは携帯電話片手にうとうとと眠り出していた。歯を磨かなきゃ、テレビを消さなきゃと思いつつも、身体が動かない。

テレビはお笑い番組を流している。芸人さんたちの軽快な突っこみに、観客のにぎやかな笑い声。そこに、異質な音が重なった。

小さな子供がぱたぱたと走っていく足音――

はっとして、わたしは起きあがった。同時にテレビから拍手《はくしゅ》の音が流れる。ＣＭに切り替わったときには、もうあの足音は聞こえなくなっていた。

(上の階に小さな子供がいるのかな……)

そう思いながら携帯を閉じ、歯を磨きに洗面所へ向かった。そのあと、足音らしきものは一度も聞こえてこなかった。

翌日は一限目の必修講義に出るため、朝早くから大学に向かった。

授業中、わたしは何度も手の甲をつねって睡魔と闘った。昨晩、熟睡できなかったせいで、眠くて眠くて仕方なかったのだ。

たぶん、新居ですごす最初の夜ということで、緊張していたんだろう。怖い夢ばかり見ていたような気がする。夢の内容は忘れてしまったけれど、誰かに追いかけられて新しい部屋の中をぐるぐる走り廻っていたのだけは、頭の片隅にかろうじてひっかかっている。

いやな感じ……。不愉快な出来事と縁を切るために引っ越したのに、気持ちの上でまだそれができていないと思い知らされたようで。

こういうときに限って、サボれない講義が朝からびっちり入っていた。なんとか無難に学業をこなし、アパートに帰り着いたときには、すぐにもベッドに飛びこみたいくらいだった。

けれども――部屋に入った途端、あんなにしつこかった眠気が一気に吹っ飛んでしまった。

押し入れの戸が半分あいていたのだ。朝、出るときはちゃんと閉まっていたはずなのに。

わたしはあわてて押し入れの中をチェックした。異変はない。それでも落ち着かなくて、風呂場から何から、ひとが隠れられそうなところはすべて調べてみた。窓の鍵がちゃんとかかっていたかどうかも。

結果は、どこも問題なし。鍵も全部かかっていた。ただ、押し入れの戸があいていただけ。それだけのこと。

その結論にたどりつくや気が抜けてしまい、わたしは部屋の真ん中にへなへなとすわりこんだ。

考えてみれば——今朝はなかなか起きあがれなくて、ぎりぎりの時間に家を飛び出していった。押し入れの戸はちゃんと閉めたつもりだったけど……本当にそうだったか心もとなくなってくる。

「きっと、閉め忘れたのよね。うん」

声に出してそう言うと実感が湧き、肩が軽くなったような気がした。と同時に、携帯電話が鳴り、わたしはびっくりして飛びあがった。

見覚えのない番号だったので直接は出ず、留守番電話サービスに残された伝言をあとで確認する。相手はマリアンヌの修理を頼んでおいた業者さんだった。お預かりしていたお嬢さんのメンテナンスが完了しました、とのこと。

わたしはすぐさま電話をかけ直し、引っ越したので新しい住所に送ってくださいとお願いした。発送は明日の予定だから、届くのはあさってになるらしい。あさってなら授業もないし、マリアンヌの到着をずっと待っていられる。ああ、その前に彼女のためのスペースを確保しなくちゃ！

嬉しいニュースのおかげで暗い気持ちも吹き飛び、わたしはシャワーを浴びて、ちょっとだけ片づけもやって、早々とベッドにもぐりこんだ。

睡魔はすぐにやってきた。このまま、今夜こそぐっすり——と思ったのに、キッチンのほうでガサッと何かの物音が聞こえ、わたしはすぐさま目を醒《さ》ました。

心臓がどきどきしている。やっぱり、誰かが留守の間に忍びこんで、いままでどこかに隠れていたんじゃ……とありえないことが脳裏をかすめる。

電気をつけ、おそるおそるキッチンを覗いてみた。コンビニのレジ袋が床に落ちていた。明日の朝食用にと買ってきたパンが、袋の中から半分はみ出している。

何かのはずみで棚から袋が落ちただけだったのだ。わたしは自分の臆病さ加減に苦笑しながら、袋をもとの場所に戻した。パンが何者かによってひと口かじられている——なんてことも、もちろんありはしなかった。

「やれやれ。ナーバスになりすぎ」

自分で自分を笑って、部屋に戻る。途中で何かを踏みつけ、わたしはわっと声をあげた。踏んだのは愛用のリップクリームだった。キャップがはずれていたうえに、中身が少し飛び出ていたので、淡いピンク色のクリームが足の裏にべったりとついてしまっている。

「もう。なんで、こんなものがこんなところに転がってるのよ」

文句を言いながらティッシュで足の裏を拭《ふ》き、わたしは部屋の電気を消した。引っ越し二日目の夜は、それ以上は特に何も起こらなかった。


翌日は朝から部屋の片づけに励んだ。

どんどん荷物を出してはカラになった段ボール箱を小さく畳み、紐《ひも》で縛って資源ゴミとしてまとめていく。がんばった甲斐《かい》あって、フローリングの床がだいぶ顔を覗かせるようになってきた。……まあ、まだ未開封の段ボール箱は大量に残っているんだけど。

とりあえず、見えるようになった床をきれいにしようと、フローリング用のワイパーで掃除を始めた。引っ越してまだ三日目なのに、ほこりがもうたまり出している。ひと通り床を拭いてから、ホコリとりのシートをワイパーからはずす。見ると、長めの黒髪が数本、ほこりといっしょになってシートにこびりついていた。

違和感に、わたしは首をひねった。自分の髪はこれよりもっと長いし、赤茶色に染めたばかり。引っ越しを手伝ってくれた尚美は短いクセっ毛だ。荷物を運びこんでくれた業者さんは、全員短髪の男性だったし、こんなまっすぐな黒髪を落としていく人物は、誰ひとりとしていないはず。

そう考えていくと、だんだん薄気味悪くなってきたが……まさかね。

たとえば、配送の途中で関わったひとの中に黒髪直毛のひとがいて、そのひとの髪の毛が段ボールにくっついたってこともあるかもしれないじゃない。

そう自分を納得させようとして、成功しかけたのに——ふと思い出した。ベッドの下に置いたまま、忘れていた市松人形のことを。

ベッド脇に膝《ひざ》をつき、箱を引きずり出してみる。あけてみると、中にはきちんと人形が収まっていた。

「もしかして、箱から出たりした?」

問いかけても、当然のことながら人形は黙って微笑んだままだ。

乱れたその髪をそっとさわってみた。さらさらしている。化繊の手ざわりじゃない。れっきとした人毛だ。

どうしたわけか、ぞくっと悪寒《おかん》が走り、わたしはすぐに箱の蓋を閉めた。

なぜ、そんなふうに感じたのかはわからない……。わたしはそんな怖がりじゃなかったはず。第一、人毛のウイッグが怖くて西洋アンティークドールと暮らせますか？　それを言っていたら、毛皮のコートだって怖くて着られないはずよ。ワニ革の財布なんてどうするのよ。冗談じゃない。

とはいえ、一度生じた感覚はなかなか消えなかった。考えてみれば──前の住人の持ち物がいつまでも部屋にあるっていうこと自体、気持ちのいいものではない。修理から戻ってきたマリアンヌが気分を悪くしちゃうわ、などとちょっぴり本気で思ったりもする。

午後からは授業がある。行く途中、駅前の不動産屋さんに寄って、さっさとこの市松人形を引き渡してこよう。

その前に引っ越しの挨拶もしておこうと、隣と上の階の部屋に行ってみたが、両方とも留守だった。平日だし、仕事に出ているようだ。ここは全室1DK、ひとり暮らしの学生か若い勤め人がほとんどなんだろう。

……そう考えたとき、また違和感が湧いてきた。このアパートの住人がひとり暮らしばかりだとしたら、最初の夜、わたしが聞いた子供の足音は──何？

ふと時計を見ると、思っていた以上に時間が経《た》っていた。わたしはあわてて仕度をし、部屋を飛び出した。鍵をかけようとしてハッと思い出し、中に戻って人形入りの箱をかかえる。

そうやって、わざわざ持ってきたのに、あいにくと不動産屋さんは定休日で閉まっていた。固くドアを閉ざした事務所の前で呆然《ぼうぜん》としたが、どうしようもない。引き返す時間もなく、わたしはそのまま駅へと駆けこんだ。

電車からバスに乗り継ぎ、腕時計と睨《にら》めっこをしながら大学へと走る。正門の少し手前で、犬を連れた女性とすれ違った。

その途端、犬がわたしにむかって大声で吠《ほ》えたてた。小さな犬だったけれど、歯茎《はぐき》を剝《む》き出しにしたその剣幕にわたしも飼い主も驚く。まわりにいた、ほかの学生たちも何事かと振り返る。

「ごめんなさい、ごめんなさい」

飼い主は何度も謝りながら、興奮する犬を抱きあげた。わたしも急いでいたから、一礼してそのまま駆け抜ける。後ろのほうで、飼い主が犬にささやくのが聞こえた。

「どうしたの？　あのお姉さんが怖かったの？　ほらほら、もう大丈夫よ。よしよし」

失礼な、とは思ったが、いまは授業に間に合うことのほうが先決だった。

キャンパスを突っ切り、どうにかぎりぎりの時間で教室に飛びこむ。同じ講義をとっている尚美は先に来て席についていた。ふらふらになりながら彼女の隣に滑りこむと同時に教師が現れ、授業が始まる。

ふいにあてられるようなこともなく、無事に授業は終わり、わたしは尚美と学内のカフェに移動した。安くておいしいケーキを提供してくれるカフェは、いつも学生たちでにぎわっている。

同じケーキセットをカウンターで受け取り、わたしたちは窓辺の白いテーブルについた。

さっそく、尚美が訊《き》いてくる。

「で、新居の住み心地はどう?」

「もちろん快適よ、って言いたいところなんだけどね……」

言葉を濁すと、尚美は急に不安そうな顔になった。

「何かあった?　もしかして、さっそく、あいつに嗅《か》ぎつけられたとか……」

わたしは首を横に振った。

「そういうんじゃないのよ。ちょっとした怪奇現象があってね」

「え?　何それ?」

お求めに応じ、半分茶化した口調で今朝みつけた黒髪のことを話すと、見る見るうちに尚美の表情が強《こわ》ばっていった。彼女、こんなに怖がりだったっけと、わたしのほうが驚いてしまったくらいだ。

「でね、わたしだってまさか人形の髪の毛だとは思わないんだけど怖くなって。早く厄介《やっかい》ばらいしようって持って出たはいいんだけど、不動産屋さんがちょうど定休日だったのよ」

「じゃあ、何、まさかいまここに人形、持ってきてるわけ？」

「うん。家に戻ってる暇《ひま》なくて」

イスの脇に置いた紙袋にわたしが視線をやると、尚美も薄気味悪そうにそちらを横目で見やった。

「ここに来る途中、お散歩中の犬に吠えられちゃった。もしかして、何か感じたのかしらね」

笑って言ったのに、尚美は笑わなかった。

「……あり得たりして」

「やだ、よしてよ。わたしがばたばた走ってたから、びっくりしたんじゃない？　小さくて神経質そうな犬だったもん」

それが妥当《だとう》な理由に思えた。けれども、尚美の眉間《みけん》の皺《しわ》は消えない。

「捨てちゃえば？」

「人形を？　そんな、他人のものを勝手に――」

「でも、忘れていったんでしょ？　空き部屋だった時期だってあったはずなのに、すぐに取りに来なかったんなら、そんなに大事なものじゃなかったんじゃない？　前の持ち主だって、これがあったこと自体、忘れてるんじゃないのかなぁ。わざと置いて出ていったなんてのも考えられるわよ。前の住人がイコール持ち主とも限らないし」

「だとしても捨てるのは……なんか、あと味悪い感じ」

「それもそっか。よく聞くもんね、捨てても捨てても戻ってくるって……」

自分で言っておいて、尚美はさも怖そうに身震いした。それでいながら話をやめようとはせず、さらに発展させていく。

「急に電話がかかってくるのよね。『もしもし、わたし市松。いま、あなたの家の前にいるの』。ううう っ。びっくりして電話を切っても、またかかってくるのよ。『もしもし、わたし市松。いま、あなたの部屋の前にいるの』。あああっ。極めつけが『もしもし、わたし市松。いま、あなたの後ろに……』」

最後まで言えずに尚美は身をくねらせた。なんだか楽しそうだ。実は怖い話が大好きなんじゃないかと疑いたくなってくる。

「ゆかり、そんなことになったらどうする？　いまのうちにお寺に供養《くよう》に出しておく？」

「どこのお寺に持っていけって？」

うーんとうなって、尚美はコーヒーに口をつけた。両眉が寄って、完全に八の字になっている。本気で心配してくれているのか、面白がっているのか、よくわからない。たぶん、前者なんだろうけど。

「とにかく、明日また不動産屋さんに行って、今度こそ引き取ってもらうわよ。前の持ち主に送りつけるなり、捨てるなり、あとはお任せしますって言ってね。——それでも戻ってきたりしたら、そのときこそ人形供養のお寺、本気で探さなくちゃね」

「そういえば、ずっと昔、テレビでそういうの見たことあるわ。境内《けいだい》に、それこそ何百体とお人形が並んでいるのよね。古いのから新しいのから、ジャンル問わず。たいていは焼いて供養するらしいんだけど、焼くわけにもいかないっていうのがあるらしいのよ。うん。そういうのが倉庫みたいなところに収められるんだけど、そこにテレビカメラを置いて撮ってたら、誰もいないのに人形が棚からボトッと落ちて……うわっ、こわっ」

戦慄《せんりつ》の怪奇映像を思い出し、尚美はいきなりのけぞる。その大げさな動きに、隣のテーブル席の学生がびっくりして振り返る。むこうの反応も込みでおかしくて、わたしはげらげらと笑った。

楽しかっただけじゃなく、尚美が派手に怖がってくれるおかげで、かえってこっちは冷静になれた。なんの解決にもなりはしなかったけれど、話してよかったと自然に思えた。

お茶を済ませて尚美と別れ、家路につく。商店街のスーパーであれこれ買いこんでいるうちに、陽はとっぷりと暮れてしまった。

アパートに戻ると、隣の部屋にも上の部屋にも明かりがついていた。さっそく、お菓子を持ってご挨拶に出向いた。

「すみません、隣に引っ越してきた者ですけどぉ」

応対に出てきた隣の部屋の住人は、三十前後くらいのOLさんだった。玄関からちらりと覗いた部屋の中は、どう見てもひとり暮らしの雰囲気。

「よろしくお願いします」

「こちらこそ、どうぞよろしく」

挨拶はつつがなく終わって、わたしは上の階へと向かった。ドアベルのボタンを押して、しばらく待つ。

ドアがあいた途端に中から猫の鳴き声が聞こえてきた。応対に出た若い女性が、しまったという顔をする。ここはペット禁止のアパートだったのだ。

わたしは満面に笑みを浮かべ、大丈夫、告げ口なんてしませんよと目で伝えておいた。

相手はあからさまにホッとし、わたしも少なからずホッとする。初日の晩に聞いた足音の正体がわかって。

「ごめんなさいね。普段は静かにしてるんだけど。においとかもしないように気をつけてるし……。あ、でも、ときどき走ったりして下に響くかも」

「いえ、そんなに気にしませんから」

何も怖くなんか、ないない。ぱたぱたと走っていたのは上の住人の飼い猫で、押し入れはただの閉め忘れ。髪の毛はたぶん、段ボール箱にくっついてきただけ。

市松人形が実際に動いているところを目撃したわけでもなし。慣れない環境に、ちょっとナーバスになっていただけだったのよ。

そんなふうに心の中での解決はついた。愛《いと》しのマリアンヌも明日には手もとに戻ってくる。いらない市松人形は、明日中に不動産屋さんに持っていこう。それで、今度こそすっきりするはず。

部屋に戻ったわたしはゆっくりお風呂に入り、髪を充分乾かしてから、読みかけの文庫本といっしょにベッドに入った。いつの間にか雨が降り出していたらしい。表通りのほうから、濡れた路面を走る車の音が聞こえてくる。

眠くなってきたので本を閉じ、電気を消して目をつぶった。

明日は一日何もないし、部屋の片づけにたっぷりと時間をさける。宅配便を受け取ったら、不動産屋さんに出向くついでに、マリアンヌの撮影に使えそうな雑貨を見に行こう。それまでには雨がやんでいてくれたらいいな。

明日の予定を頭の中で組んでいるうちに、わたしは眠りに落ちていった。異変を感じたのは——寝入ってからどれくらい経った頃だったのか。

妙に息苦しかった。まるで何かに胸を押さえこまれているかのように。

寝返りをうとうとして、それができないことに気づき、ぎょっとした。腕が動かない。指の一本さえも。

金縛《かなしば》りだと思った途端に、変な汗が噴き出てきた。なんとかこれを解こうともがくが、身体はまったく動いてくれない。声も出せない。

胸を圧迫する力が急に強まった。はあはあと、わたしじゃない息遣《いきづか》いも聞こえてきた。

誰かいる。布団《ふとん》の上から胸を押さえこんで、わたしの顔を覗きこんでいる。怖くて目をあけられないけれど、気配でそれを感じる。

鍵はかけたはず。誰も入ってこられないはず。これはきっと夢。

そう自分に言い聞かせる一方、わたしは金縛りを解こうとあがいていた。身体が動かせるようになるまで目だけはあけまいと、怖いものが見えたりしたらいやだから、それだけは絶対にすまいとがんばった。

けれども、首にひんやりとした手がかかった瞬間、びっくりして目をあけてしまった。部屋は暗かったのに――はっきりと見えた。間近から覗きこむ、人形の真っ白い顔が。間違いなく、あの市松人形だった。

箱に入っていたとき以上に髪は乱れ、表情も変わっていた。目尻はより下がり、一重の目の奥で茶色の瞳が濡れたように輝いている。おちょぼだった口をもっと開いて、はあはあと生ぬるい息を吹きかけている。

それでいて、わたしの首にかかった小さな手は、冷たくて硬い。

視線を真っ向から合わせて、人形はにやりと笑った。薄いひびの入った頬に、えくぼが生じる。息苦しさからではなく恐怖で、わたしは唐突に意識を失ってしまった。

目醒めると、もう朝になっていた。

雨はまだ降り続き、電気をつけたほうがよさそうなほど部屋は暗い。

人形を入れた箱は机の上に置いてあった。昨日、大学から帰ってきてそこに置いたまま、一センチたりとも動いていない。だから、あれは夢――と、いくら自分に言い聞かせても、記憶に染《し》みついた恐怖はなかなかぬぐえない。

雨が降っているけれど、すぐにもあれを不動産屋さんに持っていき、厄介ばらいをしよう。そう決め、わたしは急いで着替えを始めた。

気がせいて、カーディガンのボタンをかけ違えてしまい、あたふたしていると、いきなり玄関のドアベルが鳴った。わたしは文字どおり跳びあがり、急いで玄関へと向かった。

ドアのむこうに立っていたのは、宅配業者のお兄さんだった。丁寧《ていねい》に頭をさげ、彼が手渡してくれたのは、こわれもの取り扱い注意のシールが貼られた段ボール箱。マリアンヌがわたしのもとに帰ってきたのだ。

受け取りを済ませ、部屋に戻る。大事なものが手もとに届いた安心感からそこにすわりこみたくなったが、そうもしていられない。これでいつ家を出てもよくなったんだから、いまのうちに用事を済ませなくっては。

カーディガンのボタンをきちんとかけ直すと、わたしは市松人形の入った箱を持ちあげた。次の瞬間、膝《ひざ》から力が抜けてしまい、その場にぺたんと腰をおろしてしまう。

箱が不自然に軽いのだ。何も入っていないかのように。

わたしは震える手で蓋をとり、中の薄紙をめくった。そこにあったはずの人形が——ない。箱の底には、まっすぐな黒髪が一本、置き去りにされているだけ。

鮮明に昨夜の金縛りを思い出し、わたしは急に悲鳴をあげると、カラの箱を床に投げ出した。

と同時に、気配を感じて振り返る。視線の先の、ベッドの下に……市松人形がいた。腹這いになって、こちらをみつめている。一重の目を細め、歯を覗かせ、声をたてずに笑っている。まるで生きているみたいに。

驚いて立ちあがると、市松人形はベッドの下からすばやく這い出し、わたしの足にしがみついてきた。硬い指の感触は、金縛りのとき、首に触れてきたものとまったく同じだ。あわてて振りはらおうとしたが、市松はそうはさせまいとより強くしがみついてくる。上目遣いにみつめるガラスの目が、異様にぎらぎらしている。

恐怖に駆られたわたしはとっさに叫んだ。

そのときだった。ブモーッと、たくましい雄《お》たけびが1DKに響き渡ったのは。たったいま届いたばかりの段ボール箱を突き破り、ビニールのエアパッキンをはね飛ばして、マリアンヌがその勇姿《ゆうし》を現したのは。

それは、紛《まぎ》れもなくわたしのマリアンヌだった。

太い両腕を振りあげ、彼女は再びブモーッと吼《ほ》えた。ドレスとおそろいの、ベージュのボンネットがふるふると揺れている。

段ボール箱の中から飛び出してきた西洋アンティークドールに、さしもの市松人形も驚きを隠せない。そりゃあ、わたしだって驚いた。腰が抜けそうなくらいに。ゴム引きを頼んだだけだったのに——どうしてそこまで可動がよくなっちゃったのよ！

市松はわたしの足から離れると、マリアンヌに向かってシャアッと威嚇《いかく》するように吼えた。マリアンヌも負けじと、ブモーッと息を吐く。フランスのお人形なのに、ブモーだなんて。そりゃまあ、頬がまん丸だし、オープンマウスだし、雰囲気は合っているかもしれないけど。でも、どうしてブモーッなのよ、マリアンヌ！

苦悩するわたしにお構いなしに、向かい合った両者はいっせいに前に出た。頭が大きくて寸胴《ずんどう》体型という点だけは共通した、ふたつの身体が激しくぶつかり合う。日仏の対決だ。

「やめてやめてやめて！　割れる割れる割れちゃう！」

市松はどうか知らないが、マリアンヌのヘッドはビスク、つまり陶器だ。衝撃で割れたらどうしようとわたしは身悶《みもだ》えたが、ふたりはがっぷり四つに組んで、ブモーッ、シャアアッと威嚇し合っている。

見比べてみると、マリアンヌのほうがひと回り大きいことがわかった。古さも彼女のほうが上だろう。力は拮抗《きっこう》していた。押しては引き、引いては押しのせめぎ合いだ。

動きに合わせてプリーツスカートの裾《すそ》がひるがえり、ドロワースのシルクリボンがちらりと覗く。市松の着物の裾も乱れ、足袋《たび》を履《は》いた白い足が垣間《かいま》見える。セクシーさはかけらもない。勝負はなかなかつかない。マリアンヌの表情がほとんど変わらないのに対し、市松のほうは目尻を吊りあげ、口を大きく開いて凶悪な形相《ぎょうそう》を作り出している。

なんて恐ろしげな顔……。あんな見るからに凶暴そうな市松人形に、自《みず》ら立ち向かっていくなんて……。

それも、わたしのために。

最初の衝撃が薄らいでくると、どうしたことか、胸の奥からじぃんと熱いものが湧きあがってきた。同時に、マリアンヌとすごしてきた日々が記憶に甦《よみがえ》ってくる。

おばあちゃんの数あるコレクションの中でも、いちばんかわいらしかったマリアンヌ。遊びに行くたびにいつも眺めていたら、そんなに気に入ったのならと譲ってもらえた。コレクション的な価値が低い子だし、って言われても、それで譲ってもらえるならなんて幸運なんだろうと思った。

お小遣《こづか》いの中からやりくりして、マリアンヌのための小物もそろえた。カメラを手に入れてからは、何百枚と写真を撮った。マリアンヌとお話しできたらいいのにと夢見たりもした。まさかブモーッと鳴くとは予想すらしていなかったけど……でも……。

なんて頼もしいの。わたしのために、割れやすい身を挺《てい》し、懸命に闘ってくれるなんて。オーナー冥利《みょうり》に尽きるってものじゃないの。

「がんばって、マリアンヌ」

わたしの声援が合図になったかのように、マリアンヌはいきなり勝負に出た。押すと見せかけ、後ろへ大きく引いたのだ。市松が釣りこまれ、体勢をくずす。その隙《すき》を逃さず、マリアンヌは相手の背中に平手を叩《たた》きこんだ。

市松がうつぶせに倒れこむ。マリアンヌは茶色のストラップシューズで、その背中をげしっと踏みつけた。はたきこみで、マリアンヌの勝ちだ。

と思ったら、市松はやにわにすごい勢いで飛び起きた。マリアンヌの腰にしがみつき、ぐるぐると彼女のまわりを廻り出す。

だが、二回転もすると市松の足は急にふらつきだした。そこでマリアンヌのほうも市松の帯に手をかけ、鼻息も荒く相手を投げ飛ばした。

投げられた市松は押し入れの襖戸《ふすまど》に激突し、ずるずると畳の上に滑り落ちる。上手《うわて》投げで、またもマリアンヌの勝ち。

それでも、市松はあきらめない。押し入れの襖戸に背中を押しつけたまま立ちあがり、シャアアッとひと声吼えて向かってくる。

だが、初めの勢いはもうない。マリアンヌがひょいとよけ、背中を突いただけで市松は簡単に転んでしまった。送り倒しで、三度目の勝負もマリアンヌに軍配があがる。

無敵のマリアンヌは後ろに反《そ》り返り、両腕を高く掲《かか》げて勝利のブモーッを轟《とどろ》かせた。瞳のブルーは星のように輝き、頬はあざやかな薔薇の花びら色に染まる。素敵よ、素敵よ、マリアンヌ！

熱烈ないとおしさがこみあげてきて、わたしはマリアンヌを強く抱きしめた。マリアンヌも嬉しいのか、猫が喉《のど》を鳴らすようにブモブモと小さくうなっている。

床に倒れ、しばらく動けずにいた市松が、やがてゆらりと立ちあがった。わたしは緊張したが、日本人形のその顔にもはや戦意は見あたらない。

恨みがましい目で、わたしの腕の中のマリアンヌを一瞥《いちべつ》すると、彼女はくるりと背を向けた。

乱れ放題の髪。帯の結びも歪《ゆが》んでいる。肩は落ち、部屋を出ていく足取りもかなりおぼつかない。

わたしはマリアンヌを床に降ろすと、市松のあとをそっとついていった。マリアンヌもとことこと、わたしのあとからついてくる。わたしたちの存在に気づいているだろうに、市松は振り返ろうともせず、とぼとぼと玄関に向かっていく。

出ていくつもりなんだろうか。マリアンヌに敗れたから？　伝統ある市松人形の誇りを傷つけられたから？

市松は玄関のドアの前で立ち止まった。試しにドアをあけてやると、彼女は何も言わずに外へと足を踏み出した。履《は》き物《もの》はない。その小さな足を包むのは、年月の経過で薄汚れてしまった白足袋だけ。

アパートの前はひと通りもない寂《さび》しい路地だった。冷たい雨が降っている。空は重い灰色に覆われ、昼間だというのにひどく暗い。

雨に打たれて去っていく市松人形の後ろ姿が——ひどく哀《かな》しげに見えた。

わたしは胸に拳《こぶし》をぎゅっと押さえつけ、足もとにいるマリアンヌを見下ろした。マリアンヌはあどけない瞳で「何?」と言いたげにわたしをみつめ返す。

考えてみれば……マリアンヌもお人形なのだ。わたしにとっては大事なお友達だけど、他人からしたらあの怪奇市松人形と大差なく見えるんだろう。尚美が市松の目を怖がったように、最高級のペーパーウェイトグラスアイであっても気持ち悪いと言うひとはいるんだろう。

それを咎《とが》めてもしょうがない。好き嫌いの感情は理屈じゃないから。

そんなふうにあの市松だって……、日本人形の愛好家が見ればかわいい……のかもしれない。

逆に、マリアンヌがあの市松と似たような境遇に置かれたらどうなるんだろう。人毛ウイッグは手ざわり抜群なのに気味悪がられ。グラスアイの神秘性も天使の微笑みも理解されず。動いた、怖い、ブモーッと鳴いたとか言われて石を投げられたあげく、燃えないゴミの日に打ち捨てられるのか。

想像しただけで胸が苦しくなった。たまらず、わたしは傘を持って外に飛び出した。マリアンヌが驚いたようにブモーッと鳴いた。わたしだって、馬鹿やめろって自分のことを思う。けれど、どうしても見捨ててはおけなかったのだ。

「待って」

開いた傘を小さな頭上に差しかけてやると、市松はぴたりと立ち止まった。ゆっくりと振り返り、問いかけるようにわたしを見上げる。

雨に濡れた黒髪が数本、頬に張りついている。一重の細い目が、細かな皺《しわ》が刻まれた唇が、見慣れているビスクドールとは違ってやっぱり不気味に感じる。

けれども、わたしは勇気をふりしぼって言ってみた。

「雨がやむまで……うちで待たない？」

わたしを追いかけてきたマリアンヌが、ブモブモと抗議するように吼えている。わたしだって、どうかと思う。しかし、一度口をついて出た言葉はもう取り戻せないし、取り消すつもりもない。

市松は驚いたように目を見開き——次の瞬間、にしゃりと笑った。

昔の怪奇漫画のように怖い笑顔だった。引き止めたことを後悔したけれど、もう遅い。

わたしはマリアンヌと市松を腕にかかえこむと、廻れ右してアパートに向かった。腕の中で、東西のお人形たちはブモブモ、シャアシャアと威嚇し合っている。頼むから静かにしてちょうだいと言っても、ふたりとも聞きやしない。

ビスクドールと市松人形を両手にかかえて雨の中を歩いているところを誰かに見られたら——近所でどんな噂《うわさ》を流されることか。

前屈みの急ぎ足で部屋に飛びこみ、人形たちを床に降ろす。傘を畳んで鍵をかけ、奥へ進もうとすると、いきなり目の前に大きな人影が立ちふさがった。

心臓が止まりそうなほど驚いた。そこに立っていたのは、合コンの晩からわたしをつけ廻すようになったあの男だったのだ。

「やあ。やっと逢《あ》えたね」

ねちっこい声で、彼はそう言った。ジャンパーの肩は雨に濡れ、髪の毛も湿気を吸ってぺしゃんと垂れている。ずっと寒いところにいたのだろう、眼鏡のレンズは半分ほど白く曇っていた。

市松を追いかけていったとき、鍵をかけていかなかったから、その隙を狙って部屋に入りこんだに違いない。

「ずいぶん探したんだよ。ひどいじゃないか、引っ越すんならひと言、言ってくれればよかったのに」

わたしは凍りついてしまって何も言い返せない。このまま黙っていれば、歓迎されていないと悟って帰ってくれる——なんてことを彼に期待できないのは、もうさんざん学習済みだ。

彼は玄関に置かれた男物の汚いスニーカーに目を向けた。靴箱の上のロボットフィギュアも睨《にら》みつける。

「誰かといっしょに住んでるの？」

わたしは痺《しび》れたようになっていた舌をどうにか動かし、偽《いつわ》りの答えをひねり出した。

「ええ、そうよ」

言った途端に、眼鏡のむこうで彼の目の色が変わった。怒ったとき、ひとの目の色って本当に変わるんだと知って、わたしは心底びっくりした。

もとの目の色が思い出せないけれど、いまは濁った灰色になっている。薄ら笑いは消え、口の端がぴくぴくと震えている。彼の心理なんて想像できないけれど、非常にまずい状況であるのは確かだ。

「部屋の奥で話そうよ。ここじゃ寒いよ」

わたしは勢いよく首を横に振った。彼とふたりきりで話すなんて、とんでもない。ずんぐりとした彼は、縦《たて》も横もわたしより大きい。力でこられたら、とてもかなわないとわかりきっている。

外に逃げようとしたら、いきなり腕をつかまれた。放してよとかすれ声で頼んだのに、彼は聞き入れない。

「いいじゃないか。きみの彼氏とも会いたいし。いま出かけてるの？　部屋でいっしょに待とうよ」

部屋に通したりしたら、彼氏なんかいないことがバレてしまう。それ以前に、こんな男と密室にふたりきりになること自体、危険だ。

つかんだ手を一所懸命、振りほどこうとするわたしを、彼は不思議そうにみつめる。

「どうして？　心配しないで、話をするだけだってば。騒がないでよ、近所迷惑になるよ」

勝手なことを言いながら、彼はわたしの口を片手でふさぎ、奥へとずるずる引っぱっていきだした。

足をいくらばたつかせても、彼の歩みを止めることはできない。口を手で押さえこまれているので悲鳴も出せない。このまま奥の部屋で乱暴されるんじゃないかと、わたしは心底、震えあがった。

だが、そうなる前に、いきなり彼がぎゃっとわめいて立ち止まった。

「な、なんだ？」

彼と同時にわたしも後ろを振り返る。彼は驚きの声をあげたが、わたしはそれとは正反対の声をあげそうになった。

右手にビームサーベル、左手に盾を構え、量産型モビ、じゃない、わたしのマリアンヌが玄関に仁王立ちしていたのだ。

武器と防具はロボットフィギュアから拝借したものに間違いなかった。小さくて、マリアンヌの縮尺に合っているとはいえない、そもそも、ただのプラスチックだったはず。

なのに――なぜだろう。マリアンヌが手にしたビームサーベルは蛍光ピンクの輝きを放ち、ビィィインと鈍《にぶ》い音まで響かせている。まるで本物みたいに。オーナーを守りたいという愛の力がなせるわざなのか。

マリアンヌは、ブモーッ……ブモーッ……と、低くゆっくりうなっている。青い瞳は静かな怒りに煮えたぎっている。ああ……なんてかっこいいのかしら。まるで銀河帝国の暗黒卿《きょう》みたいよ！

ブモーッとひときわ大きく吼えると、マリアンヌはブロンドの巻き毛をなびかせ、どすどすと足音を響かせて突進してきた。

「バケモノめ！」

失礼な台詞《せりふ》を吐きながら、ストーカー男は腕を振りあげ、マリアンヌにつかみかかろうとする。

わたしはきゃあと悲鳴をあげた。いくらビームサーベルを持っていても、体格差がありすぎる。ビスクドールのマリアンヌは、床に叩きつけられでもしたら簡単に割れてしまう。

けれども、マリアンヌはひとりではなかった。

突進する彼女の背後から、あの市松人形も走りこんできた。それも、不遜《ふそん》な笑いを口もとに刻みつつ。

二体目の人形の登場に仰天《ぎょうてん》し、ストーカー男の動きも止まる。この隙を彼女たちは狙っていたのだ。

市松はいきなり跳びあがるとマリアンヌの肩を蹴《け》り、ブロンドの頭頂部を飾るボンネットをさらなる踏み台にして、より空中高くに舞いあがった。

両脇に広がった朱赤の振袖《ふりそで》が、翼のように細かくはためく。シャアアアアッと、これ以上ないくらい大きく口をあけ、市松が彼の顔面に食らいつく。

眼鏡が勢いで吹きとんだ。市松は鼻にかじりついたばかりでなく、爪を立てた両手でバリバリと相手の顔をかきむしる。

マリアンヌも市松に任せきりでいたわけではない。うなるビームサーベルを、気合いとともに思い切り男のむこうずねに突き立てた。

市松人形とアンティークドールの同時攻撃を受け、彼は獣のような絶叫を放った。手足をばたつかせ、サイドの壁に肩をぶつけながら、闇雲《やみくも》に外へ飛び出していく。

わたしは這うようにしてドアのところまで進んだ。雨の中を、彼はひたすら走って逃げていく。一度も振り返ろうとはしない。間近で見た市松の形相がよほど恐ろしかったのだろう。……その気持ちはわかる。

わたしはがたがた震えながらドアを閉め、鍵をしっかりとかけた。額《ひたい》に浮いた汗をぬぐい、振り返る。廊下の真ん中にはマリアンヌと市松が立ち尽くしている。

ふたりは肩でぜいぜいと息をしていた。自分たちの何倍も大きい存在に立ち向かっていくのは怖かっただろうに、彼女たちはわたしのためにそれをやってくれたのだ。

足に力が入らなくてまだ立ちあがれずにいるわたしは、玄関にすわりこんだまま、片手を差しのべた。

「ありがとう、マリアンヌ」

すでに輝きを失っていたビームサーベルが、盾とともにマリアンヌの手からぽとりと落ちた。ブモーッと鳴いて、マリアンヌがわたしの胸に飛びこんでくる。四十三センチのその身体は、腕の中にすっぽりと収まった。ブモーッと鳴こうが何をしようが、やっぱりこの子はわたしのマリアンヌなんだと改めて実感した瞬間だった。

ふくよかな頬を服にこすりつけ、ブモブモとマリアンヌは甘える。それを市松がじっとみつめている。恨めしそうに、いや、うらやましそうに。

わたしはもう片方の手を、そうっと彼女に差しのべた。

「ありがとう……市松ちゃん」

シャアアアアッと、それはもう、なんともいえない声を発して、市松が走りこんできた。逃げ出したくなったけれど、わたしは涙目になりながらもかろうじて踏みとどまり、怪奇な彼女をしっかりと受け止めてやった。

雨はその日の夜にやみ、翌日は気持ちがいいほどの快晴となった。

鼻歌まじりにコーヒーをいれ、トーストにバターを塗って、遅めの朝食をとる。わたしの足もとでは、マリアンヌと市松が、ブモーッ、シャアーッと吼えながら走り廻っている。

「こらこら、あんまり騒がないでよ。このアパートはペット禁止なんだから」

叱《しか》ると、そのときだけはふたりともおとなしくなる。けれども、またしばらくすると、どちらからともなくブモーッ、シャアーッと始める。仲よくしようという気は、両者ともさらさらないらしい。

困ったものだが、新しい生活はまだ始まったばかり。そのうちにふたりとも、お互いの存在に慣れてくれるだろう。

わたし自身もきっと……市松人形に慣れて、その魅力に開眼する……だろう。してください。頼むから。いまさら、外に抛《ほう》り出したり、不動産屋さんに押しつけるわけにはいかないんだから。

マリアンヌといっしょに走り廻っていた市松は、わたしのぬるい視線に気づいたのか、急に立ち止まって振り返った。

朝陽を浴びながら、細い目をさらに細めて、彼女は不気味に微笑む。その唇は油を塗ったかのように、てらてらと光っている。

わたしは思わず声を大きくした。

「市松ちゃん、またわたしのリップクリーム、勝手に使ったわね？」

しまった、という顔をして市松は逃げるように走り出す。マリアンヌは表情固定のまま、貫禄《かんろく》たっぷりにブモブモと笑っている。わたしはそんなマリアンヌを軽く睨みつけた。

「あなたのほうがお姉さんなんだから、市松ちゃんをいじめちゃ駄目でしょ」

叱られたことにショックを受けたように、マリアンヌが後ろに数歩よろめく。かわいそうな気もしたが、こうなった以上、ときには厳しいことも言わなくてはならない。

突然、携帯電話が鳴り出した。表示を見ると、尚美からの電話だった。あわてて出ると、外のざわめきと混じって尚美の声が飛びこんでくる。

『おはよう、起きてた？　あのね、朝いちの講義、休講になってたの。出たついでだからさ、これからそっちに行っていい？　ってか、実はいま、ドアの前にいるんだけどね』

笑いを含んだ語尾に重なり、ドアのチャイムが鳴り響く。わたしは電話を切ると、急いで押し入れの戸をあけた。

「ふたりとも隠れて！」

マリアンヌと市松がばたばたと駆け寄ってくる。わたしはふたりを抱きあげ、上の段の奥へと押しこんだ。

「いい？　ブモッって言っちゃ駄目。シャアッって言っても駄目よ。ほかのひとにみつかったら大変なことになるんだからね。引き離されてお寺にやられて、問答無用で供養攻めよ。万が一、ここをあけられても、ずっと『お人形』で押し通すのよ」

怖い顔でわたしが言い含めると、ふたりはそろって首を上下に振った。心なしか、どちらの顔色も青ざめている。

その間にも、またチャイムが鳴り響く。

「はいはい、いま行くわ」

大声で答え、わたしは玄関にむかって駆け出した。ドアをあけると、ケーキ店の紙袋を手にした尚美が立っていた。

「ごめんね、突然。どうせまだ片づいてないだろうからさ、手伝おうかなって思って。それから差し入れのお菓子、狙っていたお店がまだあいてなくて、たいしたものは買えなかったけど」

わたしは礼を言って、ありがたく差し入れを受け取った。内心はらはらしていたけれど、同時にこの状況がおかしくて仕方なかった。

今日をうまくやりすごせても、これから先、またこういう事態は起こりそうだけど——可能な限り、なんとか切り抜けていこうという気になっていた。かわいいあの子たちと平和に暮らしていくためにも。

「あ、押し入れ、あけないでね。中、すごいことになってるから」

「はいはい、了解」

どれほどすごいことになっているか、きっと想像もできまいに、尚美は笑顔でそう応《こた》えた。

わたしのお人形

その後

バタバタ、バタバタ、と部屋を走り廻《まわ》る音が響く。小さな子供がふたり、追いかけっこをしているみたいに。

ベッドに俯《うつぶ》せになっていたわたしは、ううんとうなりながら目をあけた。狭い室内を走り廻っているのは人間の子供ではなく、西洋アンティークドールと市松《いちまつ》人形だった。

すでに朝になってはいたものの、カーテンで閉ざされた薄暗い部屋を人形が二体、走っている図は、完全にホラーだ。でも、わたしはもうすっかり慣れてしまっていた。

「……こら」

頰《ほお》を枕にくっつけたまま、わたしは寝起きのガラガラ声で叱《しか》った。途端に人形たちは動きを止める。

「マリアンヌに市松ちゃん……、朝から騒ぐのはやめなさい……。近所迷惑でしょ……」

とはいえ、うるさいと怒鳴りこまれたことはまだ一度もない。わたしが住んでいるのは安アパートの一階の角部屋で、上もお隣も若い女性のひとり暮らし。真上の部屋は禁止のはずの猫をこっそり飼っている。女子寮みたいにのんびりしていて、多少のことは見逃してもらえている感じだ。きっと、わたしも犬か猫を飼っているんだろうと、ご近所さんに思われているに違いない。

アンティークドールのマリアンヌはわたしに叱られ、もじもじと反省する素振りを見せた。市松人形も立ち止まりはしたけれど、いかにも不服そうに顔を歪《ゆが》める。

朱赤の着物を着た、おかっぱ頭の正統派日本人形が眉をひそめ、唇を片側にぐいとねじ曲げたのだ。見慣れたはずのわたしでもぞっとしてしまい、眠気が一気に吹き飛んだ。しかし、ここでひるんでは家主——家賃を払っているのは親だけど——としての沽券《こけん》に関《かか》わる。

わたしは精いっぱい厳《いか》めしい顔を作って、市松を睨《にら》みつけた。市松はぷいとそっぽを向き、着物の袖《そで》を翻《ひるがえ》してキッチンのほうへ駆けていく。

「まったくもう……」

脱力して枕に顔をうずめる。昨日、女子大の友人たちと飲み過ぎてしまい、ちょっと二日酔いぎみだった。しかも、今日は午前の講義がない曜日。そのまま二度寝しかけていると、マリアンヌがブモブモとつぶやきながらベッドに上がってきた。

「なぁに、マリアンヌ。あなたもいっしょに寝たいの?」

そうだと言わんばかりに、マリアンヌはわたしにすり寄ってきた。なんだか本当に猫を飼っているみたい。

「よしよし……」

わたしは俯せになったまま、マリアンヌの頭をなでてやった。モヘアの金髪ウィッグの手触りは、こちらの気持ちもなごやかにしてくれる。

「ひょっとして寂《さび》しかった? 昨日、帰りが遅かったからね……。ごめんね。飲み会だったのよ。ちょっと飲み過ぎちゃったみたい。二日酔いかな。なんだか、まだだるくって……」

ぼそぼそと言い訳じみたことをつぶやく。ふと視線を感じ、閉じかけていた目をあけると、市松が柱の陰からじっとこちらをうかがっていた。

わたしとマリアンヌが仲よくしているのを妬《ねた》むように細い目を吊りあげ、小鼻のまわりに皺《しわ》を寄せて、ぐっと歯を嚙みしめている。恐怖漫画に登場する呪いの人形そのままの表情は戦慄《せんりつ》ものだったが、そこは抑えて、

「市松ちゃんも……来る?」

あえて誘ってみると、市松はパッと表情を変え、パタパタと嬉しげに走り寄り、ベッド

によじ登ってきた。

マリアンヌがブモブモと不満そうな声を発して、市松をベッドから蹴《け》り落とそうとする。市松はシャアシャアと威嚇《いかく》の声をあげ、マリアンヌのキックをかわしていく。

「はいはい。やめなさい、やめなさい。暴れない、暴れない……」

わたしは彼女たちを適当にいなしながら、もそもそと身体の向きを変え、仰向けになった。マリアンヌと市松は聞く耳を持たず、ブモブモ、シャアシャアと言い合っている。

アンティークドールと市松人形が狭いシングルベッドの上で覇権を競い合う。自分がこんな怪奇な日常を送るようになるとは、夢にも思っていなかった。昨日の飲み会で、いつしか怪談話に花が咲き、怖い話が幾つも披露《ひろう》されたけれど、さすがにこの現状は打ち明けられなかったな。どうせ信じてもらえないだろうし、「じゃあ、そのお人形、見せてよ」なんてお願いされても面倒だし。

半分うとうとしながら、わたしは昨日聞いた友人たちの怪奇体験を頭の中で反芻《はんすう》させていた。

初めて金縛《かなしば》りにあったときの話。受験勉強に励んでいた最中、深夜のラジオから唐突に流れてきた不気味なうなり声の話。写真に自分の右足だけが写っておらず、撮ったその数日後に右足を怪我《けが》した話。などなど。

（高層マンションのベランダのない窓のむこうを、知らないおばさんが横切っていったっていうのはシンプルに怖かったなぁ。ここは一階だから、そういう心配はないけど……）

そんなことをつらつら考えつつ、わたしは薄目をあけて何気なく窓のほうを見やった。

外の光をさえぎる淡いベージュ色のカーテンは、ほんの一センチほど隙間《すきま》があいていた。

その隙間から、誰かが――真っ黒な人影が中を覗《のぞ》きこんでいる。

下着泥棒だ、と咄嗟《とっさ》にわたしは思った。少し前、上の階でこっそり猫を飼っているOLさんから、ベランダに干していた洗濯物を盗まれそうになったという話を聞いたばかりだったのだ。飼い猫がベランダの異変に気づき、ものすごい勢いで鳴きわめいたので、泥棒は何も盗《と》らずに逃げていったんだとか。わたしは部屋干し派だったから、あまり気にしていなかったけれど、一階のほうが侵入しやすいと泥棒に思われたのかもしれない。

悲鳴をあげかけたものの、短く息を吸いこんだだけで、声はまったく出せなかった。それればかりか、身体も全然動かせない。

金縛りだった。それが恐怖のせいなのか、窓のむこうの何者かのせいなのかもわからず、とにかく、わたしは必死に自分の身体を動かそうとした。ところが、いくらもがいても、手や足はおろか、指一本さえも動いてはくれない。

その間に、窓のむこうに立っていた人影は、ぴったり閉ざされているはずの窓を抜け、真っ黒な頭をずずと室内に侵入させてきた。わたしは息を呑んだ。さすがにこれは、ただの泥棒ではないと悟って。金縛りを解いて逃げなくては、せめて助けを呼ばなくてはと、あせればあせるほど、身体のほうは固まっていく。

わたし自身は何もできなかった。けれども、その代わり——

ブモーッと。

シャアアアッと。

重なったふたつの鋭い声が、部屋中に大きく響き渡った。マリアンヌと市松が、侵入してくる黒い人影に向かって、怒気も露《あらわ》に吼《ほ》えかかったのだ。

黒い人影はたじろぎ、室内に差し入れていた頭をすうっと後退させた。そのまま、陽《ひ》の光に溶けるかのように消えていく。窓はぴったり閉じたまま、窓ガラスにもひび割れひとつ入ってはいない。

人影が消滅した途端に金縛りも解け、わたしは半身を起こして、ふうっ……と息をついた。昨日の飲み会で怖い話をさんざんしたせいで、何かを連れ帰ってしまったのかなと思わなくもなかった。だとしても、きっともう、あれは現れまい。ここはすでに怪異の先客に陣取られていると理解しただろうから。

マリアンヌと市松は、毛を逆立てた猫さながらに鼻息荒く、まだ窓を睨みつけていた。

そうやって並んでいると、なんだか血の繋《つな》がらない姉妹みたい。普段は喧嘩ばかりしているのに、いざとなれば共闘するところとか。

わたしが後ろから、そっとふたりの頭をなでると、一瞬だけびくりと身を震わせたのも、ふたり同時だった。シンクロ率は意外に高い。

「また助けてもらっちゃったね。ありがとう、ふたりとも……」

お礼を言うと、マリアンヌと市松はおそるおそる振り返って、またもや同時にわたしを見上げてきた。

西洋人形の透き通った青い目。日本人形の黒に限りなく近い、濃い茶色の目。どちらもきらきらしていて、本当にきれいだなとわたしには思えた。

そのとき、市松の着物がだいぶくたびれていることに改めて気づき、思わずつぶやいた。

「新しい着物、買ってあげようか」

市松がびっくりして一重《ひとえ》の目を大きく見開く。マリアンヌは別の意味で衝撃を受けたらしく、抗議するように手足をバタバタさせる。

「あなたはドレス、たくさん持っているじゃない」

と諭《さと》しても聞かない。まあ、片方だけに物をあげるのもよくないかと思い直し、

「はいはい。じゃあ、マリアンヌには新しいお帽子、買ってあげるね」

そう約束すると、マリアンヌもブモーッと満足げな吐息《といき》を洩《も》らしておとなしくなった。

だが、このときの約束を、わたしはあとで後悔する羽目になった。帽子はともかく、市松人形の着物は想像以上にお高価《たか》かったのだ……。

インフェルノ
～呪われた夜～

ハロウィンの夜。子供たちはお化けの仮装をして家々を渡り歩き、お菓子をねだる。訪問されるほうも、カボチャのランタンを玄関先に飾って、キャンディやクッキーの包みをいっぱい用意している。

わたしの住む、アメリカ中西部の地方都市でも、何日も前からコウモリのリースで商店街の街灯を飾りつけたり、魔女のイラストシールをショーウィンドウに貼ったりして、雰囲気を盛りあげていた。

だけど夜もふけて、通りから子供たちの姿は消えた。童心に返り、酔って大騒ぎしていた大人たちさえも。そこにあるのは——

わたしは息を切らしつつ、横倒しになったパトカーの脇を通りぬけた。その先では三台の車が玉突き状態で停《と》まっている。横目でちらりと運転席を覗《のぞ》いたけれど、ありがたいことに誰も乗ってはいなかった。運転手は車を棄《す》てて逃げたんだと思う。そうであってください、神さま。

フロントガラスの破片と乾きかけの血痕《けっこん》をまたぎ越して、ブティックの角を曲がった途端、悲鳴が聞こえてきた。見れば、わたしとそう年の変わらなさそうな女のひとが、車道の真ん中に仰向けに倒れていた。

ウェーブのきつい赤毛をアスファルトの上に乱して、彼女は突き出した両手を振り回している。短いスカートがめくれあがって、ガーターベルトが丸見えになっているのに直そうとはしない。そんな余裕もないのだ。彼女の上に、肉色の醜《みにく》い怪物がのしかかっていたから。

這《は》いつくばっての体高が、すでに八フィート（約二・四メートル）近くはあった。異常に細くて長い手脚は六本。体毛はほとんどなく、剝《む》き出しになった肌はところどころに青い血管が透け、顔の中心には小さな複眼がいくつも並び、口の両端からは太い牙が露出している。

六本腕の裸の蜘蛛《くも》人間——とでも称すればいいだろうか。

たちまち、わたしは恐怖にすくみあがってしまった。赤毛の彼女を助けたくても、いまのわたしはなんの武器も持っていない。大声をあげて大通りに飛び出していけば、怪物の注意をひきつけられるかもと考えはしたが、それを実行に移す度胸なんて、どこを探してもみつけられない。

怪物はまだ彼女に危害を加えてはいなかった。のしかかって見下ろしているだけ。なのに、女のひとの悲鳴は急速に弱々しくなっていった。上げていた両腕を自分の胸の上に置いて、切なそうに身をよじっている。怖がっているのとは、明らかに違う。

……何が彼女の身に起こっているのか、わたしには想像ができた。脳裏に、あのひとの声がよみがえってくる。たいしたことではないと言いたげに、淡々と説明する声が。

『低級の淫魔《いんま》どもは、出合いがしらに誘淫効果のある念波を放って、まず獲物《えもの》の心をとらえ、その抵抗力を奪う。淫《みだ》らな幻影に陥《おちい》った犠牲者はすぐには動けない。淫魔のなすがままだ』

彼女の震える両膝《ひざ》が、怪物の前に大きく開かれていく。両手は脇にこぼれていたノーブラの乳房を包みこんで寄せていく。薄いブラウス越しに、硬くなった乳首の形がくっきりと浮かびあがった。わたしのところにまでは聞こえてこないけれど、彼女が悲鳴ではなくあえぎ声をあげているのは確実だった。見るからに恐ろしげなモンスターを、腰を振って誘っている……。

『――だが、それはセクシャルな目的のためじゃない』

きれいに並んだ複眼の下で、怪物の大きな口がぱっくりと開いた。太くて短い牙は一対《いっつい》だけで、あとはサメみたいな、小さいけれど鋭く尖《とが》った歯がたくさん並んでいる。

わたしは咄嗟《とっさ》にに顔を背《そむ》けた。大通りに絶叫が響いたのはその直後だった。

『喰《く》うためだ』

怖くて、もう後ろを振り返れなかった。足もとがふらつくのでブティックのショーウィンドウに片手をつき、わたしは震えながらその場を離れた。肉を食いちぎる音、骨を噛み砕く音を聞きたくなくて、もう片方の手で耳を覆《おお》う。あの怪物に気づかれませんようにと願う一方で、こそこそと逃げるしかない自分の不甲斐《ふがい》なさを噛みしめる。

『要は落ち着くことだ。気構えができていれば防げなくもない』

彼はそう言ったけれど、大抵のひとがそんなこと、知るはずもない。突然、現れた怪物たちを前に動揺し、その隙《すき》に心を操られ、逃げる気力すらなくして喰われてしまう。

そうやって、どれほど多くのひとが死んでいったのだろう。このハロウィンの夜に。

――ディス・イズ・ハロウィン。

行く先々に「死」が転がっていた。怪物を避けて入りこんだ細い路地にも、生きている者は誰ひとりとしていない。この世の地獄と化してしまった街をひとりさまようわたしの前に、ふいに人影が現れた。

「ミア！　捜してたんだぞ！」

名前を呼ばれ、わたしはぎょっとして立ちすくんだ。そこにいたのはロブ——同じ大学の、一学年上の先輩だった。わたしが初めて付き合ったひとでもある。中背だけど肩幅はしっかりしていてハンサムで、明るい栗色の髪に、目も同じ色。普段は愛嬌《あいきょう》のある笑顔をよく見せてくれたのに、さすがに今夜ばかりは疲れ切った顔をしている。

「大丈夫か。さあ、いっしょに逃げよう。この街はもう終わりだ」

ロブはそう言ってわたしに手をさしのべてきた。こんな状況下で、かつての恋人が不意に目の前に現れ、こんなことを言ってくれたら、世の大抵の女性は二度目の恋に落ちるのかもしれない。でも、わたしは肩掛けしていたポーチの紐《ひも》をぎゅっと握りしめて、首を左右に振った。

「だめ。あなたとは行かない」

ロブは信じがたいといった表情を浮かべ、その次に、怒りも露《あら》わにわたしを怒鳴りつけ始めた。

「この期《ご》に及んで何を言っているんだ。きみは馬鹿なのか？　何も見ていなかったのか？　街はバケモノだらけなんだぞ。早く逃げないとやつらに喰い殺されちまうんだぞ」

「わかっているわ。でも、だめなの。お願いだから抛《ほう》っておいて」

「この、本物の馬鹿女が」

ロブのハンサムな顔が憤怒《ふんぬ》でどす黒く染まった。大学の友人たちの大半は、彼のこの顔をきっと知らないいんだと思う。でも、わたしは何度も見せられて――心はすでに彼から離れてしまっていた。

「ぼくが、このぼくがここまでしてやっているのに、きみはどうしようもなく恩知らずの馬鹿女だな。この馬鹿が、馬鹿が――」

口角から泡を飛ばして、ロブはわたしを責める。けれども、それが彼に災厄を招いた。怒鳴りすぎて、怪物を引き寄せたのだ。

大通りにいたやつよりはひとまわり小さかったけれど、形はそっくり同じ、六本脚の蜘蛛人間がロブの背後に突然、現れ、がぶりと彼の頭に齧《かじ》りついた。

顔の上半分が怪物の口に収まって、ロブの罵声《ばせい》が唐突に止《や》む。次の瞬間、怪物の顎《あぎと》に力が入り、ぐしゃりとロブの頭が潰《つぶ》れた。彼の身体からは逆に力が抜けて、四肢がだらりと垂れさがる。滴《したた》った赤い血が、ロブの服や足もとを濡らしていく。

わたしは悲鳴もあげられず、よろよろと後ろに下がった。ロブの咀嚼《そしやく》を開始した怪物を見ないようにして、その場から静かに離れる。走って逃げたくても、足がうまく動かなかった。怪物のほうは食事に夢中で、わたしには見向きもしない。

通りに出て、視界からロブと怪物が完全に消えると、足の震えも少し収まった。いまのうちに、ここからもっと離れようと、わたしは少し小走りになった。ところが、そんなわたしの前に、また別の怪物——ロブを襲ったのと同等くらいの大きさの蜘蛛人間が立ちふさがった。

驚いて立ち止まった次の瞬間、わたしは異様な熱波が怪物から放たれるのを感じた。獲物を動けなくするための念波だ。わたしがこれを体感するのは二度目になる。

不思議な熱量を伴った波は、見えない指のようにわたしの脚を這《は》いあがって、身体の線をなぞり、頬《ほお》をなでていく。ぞくぞくと悪寒《おかん》が背中を走る。おぞましくて、気持ち悪くてたまらないのに、身体の芯が熱くもなっていく。これが獲物を淫らな幻覚へといざなうのだ。動揺すれば、ますますつけこまれることは間違いない。そして、動けなくなったところで……。

大通りで見た赤毛の女のひとは、この罠《わな》に落ちてしまった。ロブは問答無用で後ろから襲われたけれど、それは彼が男だったからか、隙《すき》だらけだったからかは、なんとも言いようがない。きっと真正面から獲物に襲いかかるときは、逃げられないようにこの念波を放つんだとは思う。

わたしは下腹に力をこめ、唇をきつく食いしばって偽《いつわ》りの誘惑に耐えた。要は落ち着くことだと、防げなくはないんだ、ここで屈してはだめ、と必死に自分に言い聞かせる。

事前に知識があって、しかも二度目だったことが効いたのだろう。全身に鳥肌が立ち、軽いめまいはしたものの、動けなくなるほどの脱力感はなかった。これなら逃げられるかもと思った。そう、タイミングさえ間違えなければ……。

怪物はその細い前脚をのばしてきた。わたしはポーチの肩紐を命綱代わりに強く握りしめた。柔らかそうでいて、剛毛がまばらに生えた前脚。それが触れてくる前に、わたしは怪物の右側に廻り、一気に走り抜ける。

怪物は完全に出遅れていた。まさか、獲物が自慢の罠を抜けていくとは予想もしていなかったのだろう。あわてて向きを変え、追ってくるが、手脚が六本もある割に動きはぎこちなくて遅い。ハエトリグモみたいな素早さはなく、海底をゆったり這う大きな蟹《かに》のよう。六本の脚を持て余している感さえあった。だから、あんないやらしい手段を用いて獲物を捕らえるのかもしれない。

けれど、今度はわたしのほうがミスをした。カフェの立て看板にぶつかって、ぶざまに転倒してしまったのだ。はずみでポーチの中身が道路に散らばる。財布、口紅、なぜかここにも通じなくなった携帯電話、それとアンティークものみたいに――あるいは本当にそうなのかも――繊細なカットが全面に施《ほどこ》された小壜《こびん》が。

壜の蓋《ふた》がはずれ、中のエッセンスがこぼれると同時に、レモングラスに似た香りが周囲に立ちこめた。すると、わたしを追おうとしていた怪物は唐突に動きを止め、ぎっと耳障《みみざわ》りな声で鳴いた。不恰好《ぶかっこう》な身体をより醜悪に震わせていたかと思うと、急にあたふたと去っていく。ひどく苦手なものと出くわしたみたいに。

この香りのおかげだと、すぐにわかったわたしは、あわてて壜を拾いあげた。中身はだいぶ減っている。道路に落ちた分はすでに揮発してしまい、香りももうしない。大事なものを無駄に消費してしまった後悔に、わたしは悲痛な声をあげた。と同時に、この壜が救ってくれたという事実で胸がいっぱいになる。

こみあげてきた涙を手の甲で急いでぬぐい、わたしは壜やほかのものをポーチにしまって立ちあがった。壜の中身が一気に減ってしまったのは痛手だったけれど、悪いことばかりじゃない……。これがあの怪物たちに効くのはわかったんだし。

少なくなったこの残りで、凶悪なバケモノたちをなんとかかわしていけば――彼を捜し出せるかもしれない。彼はいま、この街に戻ってきているはずだから。

見上げた空は雲に覆われて暗く、夜明けはまだ遠い。わたしが生きて朝を迎えられる保証さえ、ありはしない。彼のことはあきらめて早く街を出ろと、理性はささやいているけれど……。

一方で、別のわたしが強く主張している。今夜を逃せば、彼とはもう二度と逢《あ》えないのよ、と。それでもいいの、ミア？

　わたしはかぶりを振り、歩き出した。誰かの血でよごれたカフェの看板と、その後ろに倒れている警官の死体を視界に入れないようにして。拳銃を手にした警察官でさえ、あっけなく命を落としてしまう、そんな街をただひとりで。

◇　◇

　彼は、わたしと同じアパートに住んでいた。――いや、ずっと住んでいたわけじゃない。必要なときに通っていただけだったのだろう。

　そうとは知らない頃からエントランスですれ違うたびに、妙に印象的なひとだなとは思っていた。知的な風貌。挨拶《あいさつ》をしてもいつも無言で、無表情で。ため息が出るほど豪華な金髪とブルーグリーンの瞳の持ち主で。年齢は二十代なかばから後半ぐらいだろうか。あくまでも推測だけど。

　そんな彼とある夜、エレベーターの中で偶然、いっしょになった。大学のゼミ仲間とパブで遊んだ帰りだったから、けっこう遅い時刻だったと思う。

　扉が閉まりかけたところに彼がふいに入ってきたときは、ぎょっとして、わたしは隅っこにあとずさった。黒いコート姿がなんだかマントの怪人に見えて……。もともと、そんなミステリアスな感じのひとだったし。

警戒気味のわたしをちらりと見やっただけで、彼は何も言わずにパネルの前に立った。黒い革の手袋をはめた手で押したボタンは、最上階の七階。わたしが降りる四階のボタンはすでに点灯していた。

扉が閉まって、エレベーターが上昇する。会話なんて、もちろんありはしない。わたしは彼のうなじを、意味もなくみつめていた。襟足《えりあし》の短い髪も濃い金色で、染めたんじゃなく本当の色なんだと感心してしまう。正直、うらやましかった。わたしの髪は平凡なブルネットだから。

こうして思いがけず近くにいるのも、ほんの短い時間だけのこと――と思っていたのに。エレベーターは三階を過ぎたところで、突然、ガタンと停止した。扉は開かない。

彼が舌打ちをしてボタンを力強く押した。反応はなし。どのボタンを押してもそうだった。非常用の呼び出しボタンを押してもだ。

「電気系統の故障か？」

独《ひと》り言《ご》ちる彼の口調は露骨にいらだっていた。機械に対するいらだちで、それがこちらに向けられているわけじゃない。暴れているわけでもないのに、わたしは怖くなった。上機嫌だったのに、些細《ささい》なことでいきなり暴力をふるい出す男も、世の中にはいるから――

過去の厭な出来事を思い出した途端に、呼吸が乱れてきた。異様に速くなる息遣《いきづか》い。それだけならまだしも、ぐっと喉《のど》もとを締めつけられるような感じまでする。

わたしは胸を押さえて、エレベーターの壁によりかかった。なんとか呼吸を整えようとするけれど、うまくいかない。息苦しさは、どんどん募《つの》っていく。苦しくて苦しくて。息が止まりそうになる。

こんなことは初めてだった。自分の身の異変にとまどい、そのとまどいが恐慌状態にさらに拍車をかける。立ってすらいられなくなり、わたしは壁に背中をつけたまま、ずるずるとすわりこんだ。

狭いエレベーターの中で、このありさまが彼に伝わらないはずがなかった。振り返った彼は「過換気か」とつぶやくと、わたしの前にさっと片膝《ひざ》をついた。

手袋をはめた右手を、少しくぼみを持たせて、わたしの鼻と口の上にかぶせる。驚くわたしに彼は冷静に指示をした。

「手の中に息を吐いて。それをまた吸うんだ。ゆっくり、腹筋を使って。あわてなくていい。むしろ吐くほうを意識して」

わたしは涙で潤《うる》んできた目を何度もしばたたき、彼の顔をみつめながら、なんとか言われた通りにしようとした。最初はうまくいかなかった。がたがたと震えてしまい、脂汗《あぶらあせ》が出てきた。顔色もきっと悪かったはず。そんなわたしの髪を、彼は空いている左手で小さな子供にするように優しくなでてくれた。

「息はゆっくり、深く。そう。そう……」

くり返す声も、おびえる子供をなだめるように優しい。

「大丈夫だ。すぐに収まる。怖がらなくていい」

間近に見るブルーグリーンの瞳は、透き通った湖のようで。頬にふれる革の手袋の感触は、なめらかで心地よかった。いい物なんだろうなとぼんやり考えているうちに、わたしの呼吸はだんだんと落ち着いていった。

いまにも死にそうなくらい息苦しかったのが嘘みたいだった。彼は手を離すと、「しばらく休んでいるといい」そう告げて、立ちあがった。

わたしは目を閉じて、ぐったりとうなだれていたけれど、少しして、そっと薄目をあけてみた。彼はパネルの前に戻って、いくつものボタンをみつめていた。右手の手袋はいつの間にかはずされている。

長い指が、すっとパネルの上に置かれる。そのとき——信じがたいことだったけれど、彼の指先に緑色に輝く紋様が現れた。

細かく枝分かれしたうねるラインは、植物の蔓《つる》を連想させた。イスラム建築を飾る、アラビア模様《アラベスク》にも似ている。緑の光はパネルに反射して、ちょっとしたイルミネーションを演出する。夢のようにきれい。

その直後だった。エレベーターが動き出したのは。

わたしは驚いて、狭い箱の中を見廻《みまわ》した。いまいる階層を示す明かりは三階から四階へと移り、箱はスムーズに停止して扉があく。目の前には、わたしの部屋がある四階の廊下が続いている。

彼はと見ると、なんの表情の変化もなかった。右手はすでに手袋で覆《おお》われている。緑の紋様の有無はもう確認できない。あのきれいな紋様が見られなくなったのを、わたしはひどく残念に感じた。

「どうぞ」

促《うなが》されて、わたしは壁に両手をついて立ちあがり、よろめきながら廊下に出た。エレベーターの中の彼を振り返り、勇気をふりしぼって言う。

「あの……ありがとうございます。わたし、ミア・ローレル」

名乗ったのに、彼は返事をしてくれなかった。視線も合わせてくれない。

エレベーターの扉は自然に閉まり、彼の姿が視界から消えた。わたしはなんだか置いてけぼりをくらった気分になって、しばらくの間、エレベーターの前に立ち尽くしていた。

翌日、大学に出かける際に、エントランスの郵便受けをさりげなくチェックした。七階だけは一室しかないので、間違いようはない。郵便受けの名札に記されていたのは、dtで終わるシュミット。M・シュミット。

ドイツ系なんだと納得する一方で、偽名っぽい気もした。シュミットなんて、英語圏のスミスと同じくらいありふれた名字だもの。

その日は大学でも、アルバイト先のカフェでも、ずっと彼のことを考えていた。金色の襟足。青とも緑ともつかない瞳。頬にふれる革手袋の感触。指先に浮かびあがった、緑に輝くアラベスク。

彼は魔法使い？　同じアパートの最上階に魔法使いが住んでいるなんて、それ、なんてファンタジー？

そんなことばかり考えていたら、

「何をぼうっとしているの。新しい恋人のこと、考えているとか？」

と同じバイトの子にからかわれて、わたしはびっくりして頭を振った。

「やだ。新しい恋人だなんて」

「まだいないの？　なんだか、久しぶりにいい顔してたから、わたしはてっきり」

「昨日、夜が遅かったから、ちょっと眠いだけよ」

あくびをして、適当に誤魔化したけれど、嘘だって見破られていたかもしれない。

魔法にかかったみたいに高揚した気分は、バイトがひけてアパートに帰り着くまで続き、残念ながらそこで終わった。郵便受けからダイレクトメールの山を掻《か》き出していると、背後から声をかけられたのだ。

「おかえり、ミア」

喉をぎゅっと引き絞られたような気分になった。わたしはつかんでいた郵便物を放し、警戒心もあらわに後ろを振り返った。

「ロブ……」

アパートの大きなガラス扉によりかかって、笑顔のロブがそこにいた。付き合い始めの頃によく見せてくれていた、ひと好きのする笑みをたたえて。

「待ってたんだ。話がしたくて。せっかく来たんだから部屋にあげてくれよ」

わたしは自分を守るようにバッグを胸に抱えこみ、左右に首を振った。ロブはそのハンサムな顔に傷ついたような表情を浮かべる。

「お願いだから、ミア」

その言葉と表情に、何度だまされたことか。ロブが理想の彼氏だったのは、最初のうちだけだった。本当の彼は癇癪《かんしやく》持ちの暴君、わがままな子供でしかなかったのだ。

「もう逢《あ》わないって言ったはずよ」

硬い声で返すと、ロブの顔から笑みが消えた。わたしは胸がすっとしたと同時に、その何倍も怖くなった。こういうとき、彼が次にどういう行動に出るか、忘れるにはまだ早かったから。

殴《なぐ》られるのは、いや。わたしはとっさにエントランスの奥に向かって走り出した。ロブはすぐ追ってきて、わたしの腕を乱暴につかむ。

「ひとの話を聞けよ」

さっきとは打って変わった低い声にぞっとし、振りほどこうともがいた。ロブは焦《じ》れて、わたしの腕をひねりあげようとした。そのときだった。エントランスの扉があいて、彼が――シュミット氏が現れたのは。

郵便受けの前で揉《も》み合っているわたしたちを見て眉をひそめ、彼は歩調を速くする。そのまま通りすぎ、エレベーターに向かおうとする広い背中に、わたしは思わず呼びかけた。

「シュミットさん！」

二歩進んで、彼は立ち止まった。わたしはロブの手を振りはらい、走って、彼の背中にしがみついた。相手の驚きが、握りしめたコートを通して伝わってきた。わたしは身を縮こまらせ、頭を相手の背に押しつけた。――われながら、大胆だったと思う。でも、そのときは必死だった。絶対に見捨てられたくなくて。

　助けを求めているのだと理解してくれたのだろう。彼は身体の向きを変えると、わたしを背中にかばい、詰め寄るロブの前に立ちふさがってくれた。

「いったいどういうことだ、ミア」

　そう怒鳴るロブに、彼は慇懃《いんぎん》な口調で告げた。

「お引き取り願おうか。彼女は今夜、わたしと約束がある」

「は？　冗談はやめてくれ。あんた、いま、通りすぎようとしたじゃないか」

「たったいま、思い出したんだ」

　ロブの口が歪《ゆが》んだ。事態が自分の思い通りにならなくなると、彼はよくこんな醜い顔に変わる。王子さまに化けていた小鬼が本性を顕《あらわ》したみたいに。そして、わめき、物を壊し、わたしに乱暴する。そうやって、わたしは過去に何度もロブに毀《こわ》された。

　本質を見抜けなかったわたしが馬鹿だったのだろう。でも、無知ゆえの罰は充分に受けたはず。あんなのは、もうたくさん。

　ロブはいきなり、拳《こぶし》を固めて殴りかかってきた。が、シュミット氏はわずかに身体をずらしただけで拳をかわし、次の瞬間にはロブの顔面をつかんでいた。

今日も彼は黒い革手袋をはめていた。だから、指先に緑のアラベスクが浮いていたかどうかまではわからない。それでも、指の合い間から、ロブの表情が見る見るうちに変わっていくのは見てとれた。まるで電流でも流されているかのように、目を大きく見開き、細かく震えている。数秒後、ロブはその場にがくりと両膝をついた。

「立て」

冷ややかな命令にロブは従う。あのロブが。

「去れ。二度と来るな」

彼が言うと、ロブはふらつきながらアパートを出ていった。あまりにあっさりと事が片づいてしまったので、わたしは呆然としていた。これはもう魔法としか思えない。

彼は首をねじって肩越しにわたしを見下ろしていた。なんだろうと思ってみつめ返した直後、コートの背をずっと握りしめていることに気づいて、あわてて離れる。

「ご、ごめんなさい」

口ごもるわたしに何も言わず、彼はさっさとエレベーター前に移動した。扉をあけ、箱の中に入り、ちらりとわたしを見やる。

どうしようかと思った。いっしょにエレベーターに乗るべきか、否《いな》か。

答えが出せずにためらっているうちに、エレベーターの扉は自然に閉まった。上昇のモーター音が聞こえる。階層を示す明かりが順次、点滅していく。しばらくして、再びあいた扉のむこうは無人だった。なんだか——変な気分で。釈然としない気持ちをかかえたまま、わたしは空っぽの箱の中に入って、四階へと移動した。

ひどくのろのろとした足どりで自分の部屋に戻り、閉めたドアに背中をつけてぼうっとしていると、なぜか涙が出てきた。ロブと対面した恐怖が甦《よみがえ》ってきたのかもしれない。わたしはしばらく、玄関先でしゃくりあげながら泣いてしまった。

いっぱい泣いて、ようやく動く気力が湧いてきて、顔を洗うために浴室に向かった。鏡に映った顔はぐしゃぐしゃで、最悪のご面相。バイト帰りで、髪についたカフェの客のタバコのにおいも気になったので、そのままシャワーを浴びることにした。

身体を洗って、さっぱりした途端に思い出した。わたし、シュミットさんにお礼を言っていない。

どうしようと考えあぐねながら、ドライヤーで髪を乾かす。やっぱり、できるだけ早いうちに逢って、事情も話したほうがいいんじゃないかとか思う。事情って、つまり、ロブのことなのだけど。彼のほうはロブなんか気にしないだろうけれど、わたしは気になる。彼がどう思ったかが、気になって仕方ない。

髪をすっかり乾かすと、わたしは大きめのシャツとジーンズに着替え、エレベーターで七階にあがった。

訪問の口上《こうじょう》をあれこれ考えていたのに、いざ彼の部屋の前に立つと気後《きおく》れしてしまう。黒くて背の高いドアはなんだか威圧的で。やっぱりやめようと、いったんはエレベーターまで戻って、でもと思い直して部屋の前まで引き返す。

何をやっているんだか。われながら、好きな子の自宅をこっそり探しに来た小学生みたいだ。

あきらめて四階に戻ろうとしかけたとき――彼の部屋の中で大きな音が響いた。エレベーターに向かいかけていたわたしは驚き、足を止めて振り返った。黒いドアがガンッと大きな音をたてて揺れる。何かがぶつかったようだ。もう一度、同じような音が響き、ドアは勢いよく開いた。

彼の部屋から飛び出してきたのは、肉色をした六本脚のバケモノだった。

狭い廊下いっぱいに広がるほど大きい。立ちすくんでいるわたしを、点のような小さい六つの目でみつめると、怪物は長い六本の脚を不恰好に動かして迫ってきた。

いきなりこんな状況になったら、悲鳴をあげて逃げ出すのが普通だろう。けれども、このときのわたしにはそれができなかった。奇妙な波動――熱波というか、それが怪物の身体から放たれ、その熱を身体に受けた瞬間に両膝から力が抜け、わたしはその場にぺたんとすわりこんだのだ。

異様な震えが全身を走る。首まわりが熱くなり、下腹部の奥がぎゅっと収縮する。わたしは息をあえがせ、両手でしっかりと自分自身を抱きしめた。そうでもしないと、変な声をあげてしまいそうで。

動けなくなったわたしに、怪物は余裕ありげに近づいてきた。太い牙が舌なめずりするかのように細かく蠢《うごめ》いている。柔らかそうなその肉色の胴体は、なんだかひどく淫らなものに見えた。六本の脚の動きにも妙に心乱され、目が離せなくなる。あっ、あっ、と続けざまに口から妙な息が洩《も》れる……。

立てた両膝が震えながら、だんだん開かれていくのを、わたしは絶望的な思いでみつめていた。自分の身体なのに思うようにならない。自衛のために胴体に巻きつけていたはずの腕も、いつしか胸を押しあげて、膨《ふく》らみを強調するかのような動きを見せ始める。こんなことをしている場合じゃないと、理性は懸命に警報を鳴らしているのに。

突然、怪物の背後で緑のあざやかな光が炸裂した。

怪物は絶叫し、後ろにひっくり返る。長い脚をばたつかせる怪物のむこうには、黒いシャツと黒いズボンを身に着けたシュミット氏が立っていた。彼が突き出した右手には、手首の近くにまで、緑色に輝くアラベスクが浮かびあがっている。

宙をかきむしっていた脚の動きが止まり、ぎゅっと縮こまる。小さくなった怪物の身体は、たちまち、ぐずぐずに融《と》けていく。すっぱいにおいが廊下にたちこめて、わたしは吐きそうになった。身体の震えも、まだ止まらない。

融けてなくなりつつある怪物の死体から目をそむけ、わたしは壁に頭をこすりつけた。ひい、ひいと半泣きの吐息が、口からとめどなくこぼれていく。身体は相変わらず熱い。奇妙な変化をわたしにもたらした怪物は死んだのに、この身に起きた異変はまだ続いている。彼はそんなわたしの両腕をつかんで立たせると、なかば抱きかかえるようにして部屋に運びこんだ。

入ってすぐは細長い廊下。壁には大小の絵が飾ってあって、ヨーロッパの古いお屋敷みたい。両側にはいくつもドアが続き、部屋数はかなり多そう。四階のわたしの住まいとは大違いだ。

彼はドアのひとつをあけた。寝室だった。そこに連れこまれる寸前、廊下の突き当たりのリビングがちらりと視界に入った。

マホガニーの机の上には革張りの書籍と羊皮紙《ようひし》の巻物が散らばり、床には何やら怪《あや》しげな図形が描かれている。同心円の中で線が交差し、アルファベットや星座のマークみたいなものが書きこまれて、魔法陣っぽいと思ったけれど確かめる暇《ひま》などなかった。

彼はわたしを寝室に運ぶと、広いベッドの上にどさりと降ろした。

「しばらくしたら自然に収まるはずだ。水を持ってくるから――」

「いや！」

わたしは震える息の下から声を絞り出し、彼のシャツの袖《そで》をつかんだ。

「おいて、いかない、で」

「水を取ってくるだけだ。落ち着け」

「いや……」

どうして、そんなことを口走ったのか、わからない。彼が困ったように「混乱しているな」とつぶやいた。そうだったのかもしれない。言い訳するみたいだけれど、混乱しても仕方ないいんじゃないかと思う。

「だって、わたし、なんだか……」

身体の熱さや震える膝のことをどう説明したらいいか、計りかねていると、

「わかっている。きみのせいじゃない」

半泣きになっているわたしを落ち着かせようとしたのだろう、彼はひどく冷静な口調であのバケモノ――淫魔の説明をしてくれた。

「低級の淫魔どもは、出合いがしらに誘淫効果のある念波を放って、まず獲物の心をとら

え、その抵抗力を奪う。淫らな幻影に陥った犠牲者はすぐには動けない。淫魔のなすがまま だ。だが、それはセクシャルな目的のためじゃない。喰うためだ」

「く、う」

「ああ。自然界にも似たような事例はある。体長一～二ミリ程度のナゲナワグモは、先端に粘液の球を付けた糸を振りまわして、獲物を捕らえるんだが、その粘液球にはある種の蛾《が》のフェロモンに似た成分が含まれていて、オスの蛾は、同族のメスがいると勘違いしてナゲナワグモの糸に自《みずか》ら飛びこんでいき、捕まって喰われてしまう。淫魔は糸を放つ代わりに、念波を使う。だが、それも獲物の隙《すき》を衝《つ》く感じで用いることが多い。要は落ち着くことだ。気構えができていれば防げなくもない。——こんな話、にわかには信じられないだろうが」

彼の言う通り、普段だったら、とても信じられなかったろう。きっと彼は作家で、これから執筆予定のファンタジー小説の構想を聞かされているのねと、いいように解釈していたかもしれない。でも、そんな誤魔化しはもはや利《き》きようがなかった。恐怖は冷めやらないし、身体の疼《うず》きも退《ひ》いてくれない。

「とにかく、もう心配ない。あれが逃げようとしたのは、ちょっとした手違いだ。きみは気持ちが鎮《しず》まるまで、ここで休めばいい。ひとりにさせておくから……」

「ひとりはいや。怖い」

せっかく彼が諭《さと》してくれたのに、わたしは駄々っ子のように泣きわめいた。根負けした彼は結局、ベッドに腰かけ、わたしの髪をなでてくれた。その右手から、緑のアラベスクはすでに消えている。けれども、わたしにとって、救いをもたらす魔法の手であることに変わりはなく、おかげでどうしようもない駄々っ子ぶりだけはどうにか抑えられた。

それでも、完全に平静を取り戻したわけじゃない。わたしはベッドに仰向けになって、ひゅうひゅうと口で息をしていた。また過換気を起こしそう。そんな醜態はさらしたくないと思って、なんとか気をまぎらわそうと言葉を絞り出した。

「わたし、言わなくちゃと思って……」

「何を」

「お礼を」

「それはどうも」

ロブのことも言わなくては。だけど、頭がうまくまとまらない。

「エントランスにいた彼は……」

「別れた前の彼氏とか？」

わたしが目を丸くすると、彼は面白くもなさそうに肩をすくめた。

「あの様子を見ればわかる」

そうなんだ、とわたしは小さく頭を振った。伝えるべきことは伝えたのに、状況はまだたいして変わらない。熱があるみたい。下腹部の違和感は、両腿《もも》をぎゅっと閉じ合わせることでなんとか対処していたけれど、これがまだまだ続くのなら……。

「……昨日も思ったが」

と、彼は唐突に、抑揚の乏《とぼ》しい声で言った。

「きみの目は涙ぐむとガラスみたいだな。透明感があって、いかにももろそうで……」

小さなため息。「きれいだ」

わたしはびっくりして、瞬《まばた》きした。きれいだなんて、初めて言われた。淡い灰色の目は、誰かに話題としてとりあげられたことさえなかったのに。

「シュミット、さん」

「マティアスでいい」

「……マティアス」

彼のファーストネームをやっと知って、わたしは少しホッとした。涙ぐみながらも弱々しく微笑んで、彼の名を再度、舌に載《の》せる。

「……マティアス……」

彼は黙っている。寝室は薄暗くて、相手の表情が読みにくい。わたしは息をあえがせ、乾いた唇を舌先で舐《な》めた。

彼が片方だけ、眉をひそめた。それとも、見間違いだったろうか。いや、きっとそうじゃない。それまで髪をなでていた彼の右手が、静かに下がっていったから。

髪から頬へ。頬から首すじへ。

ぞくぞくとわたしの身は震えた。もっとさわられることを期待していた。なのに、その手はシャツの襟もとで停止する。彼の眉間《みけん》には、困惑《こんわく》するような皺《しわ》が深く刻みこまれる。

ここでやめて欲しくはなかった。わたしは両脇に垂らしていた手を上げると、自分のシャツのボタンを上から順番にはずしていった。指が震えて時間はかかったけれど……。じらしていると誤解されたかもしれないけど、そんなゆとりなんて、最初からない。

シャツの前をはだけると、彼の手が再び動き出した。左胸の上で、いったんそれは止まる。手のひらはブラジャーの上に、指はわたしの素肌に直接置かれている。異様に速くなった心臓の鼓動は、彼の指先に全部、伝わっているはずだ。

彼はブラのカップをずらし、淡い光のもと、片方の乳房をさらけ出させた。乳首はすでに固くなっている。彼はその頂点に親指の腹を押しつけると、捏《こ》ねるように廻《まわ》し始めた。

わたしは、ひゅっと息を呑み、合わせていた両膝を無意識にこすり合わせた。よじった身体の下の、シーツはサテンみたいにすべすべして、ベルベットのように柔らかい。彼にいじられた乳首は、どんどん感覚を研ぎ澄まされていく。

「んっ……」

ため息をついたつもりだったのに、どうしたわけか、声もいっしょに出ていた。それがきっかけになったのか、彼は前に身を屈めて、わたしの胸に顔を近づけてきた。

左の乳房全体を片手で包みこみ、尖《とが》った乳首を軽く唇ではさむ。それだけで鋭い痺《しび》れが走り、わたしはのけぞった。結果、胸を突き出すような形になる。彼としてはそれで好都合だったのだろう、ついばむように唇で遊び、舌も巧《たく》みに使い出す。ぴちゃり、と大きく響いた舌の音がいかにもいやらしい。

胸の頂《いただき》を執拗《しつよう》に舐めまわされて、甘いうずきはいやおうなしに高まり、わたしはどうしようもなく身悶《みもだ》えた。それをあおるように、彼の左手がわたしの脇腹をなで、ジーンズのジッパーを下ろして、下着の中に入っていく。その敏感な部分に彼の指先がふれただけで、わたしは「ひぅっ」と声を放っていた。

彼は左胸の乳首にしていたように、指の腹をそこに押しつけて捏ねまわす。さんざんそうやってから、「膝をゆるめて」と低くささやいた。従う以外に何ができただろう。言われるがままに膝をゆるめると、彼の手がわたしの両脚の間を分け入り、奥の窪《くぼ》みにふれてきた。中指が浅く、中にもぐりこんでくる。そこが潤《うるお》っているのは、もう仕方がない。

乳首にまとわりつく舌の音と、わたしの中を指で掻きまわす音が、みだらに響き合う。上半身と下半身を同時に攻められて、わたしはずいぶんと乱れてしまった。しばらくすれば自然に収まるなんて、嘘だったんだ。ううん、それとも……これは淫魔のせいではなく、純粋に彼のせいなのかも。

彼はやっと胸から顔を上げると、わたしのジーンズと下着をいっしょくたに脱がせ、床に放り投げた。露《あら》わになった下半身を、両腿に手をかけて押し広げ、さらに赤裸々にさらす。恥ずかしがって閉ざす間もなく、彼はわたしの両脚の間に顔をうずめてきた。

身体がびくっと震えたのは、彼の濡れた舌が秘肉の芯にからみついてきたからだ。そこを何度も舐めあげられ、同時に内部の浅いところばかりを指で掻きまわされる。さらに彼は顔の位置をずらして、窪みのほうに舌を入れてきた。

「やっ、だめっ」

そう叫んだと同時に頭の片隅で、シャワーを浴びておいてよかったなんて考える。彼はわざとらしく舌を鳴らして、そこを堪能《たんのう》し、わたしをさんざんむせび泣かせた。

ふっと意識が途切れる瞬間が来て、わたしは弛緩《しかん》した身体をベッドに沈めた。完全に気を失ったわけではないけれど、何もできなくなってぼんやりしていると、彼はゆっくりと身を起こし、わたしを見下ろした。

視線が気になる。いまさらだけど、ずれたブラの位置を戻して、シャツの前を搔き合わせる。ひどく緩慢《かんまん》な動きでそれをしているわたしを、彼はやっぱり黙って見ている。表情からは何も読めない。

冷静すぎる彼に、なぜか対抗意識みたいなものが湧いてきて――わたしはよろよろしながら膝立ちになり、彼の胸に手を置いた。軽く押しただけで、彼はどさりと後ろに倒れこんだ。彼の黒いシャツのボタンに手をかけても、動かない。わたしのすることを、無表情に観察している。

ちょっぴりくやしくなって、動揺させてやりたくなって、わたしは彼のボタンを全部はずし終えてから、ズボンの真ん中に手を置いた。彼が眉をひそめる。そんな顔をされたものだから、もっと反応してもらおうと、自分がされたように彼のズボンを下着ごと脱がせてやった。

さらされた下半身のそれは、わたしを舐めながら彼も興奮していたんだと教えてくれていた。驚きと羞恥《しゅうち》と、変に誇らしげな気持ち。一方で、次にどうしていいかわからなくなって、頭がくらくらする。なんだか、乗ってくれといわんばかりの無抵抗ぶりだけど、さすがにそれは……。

結局、わたしはおずおずと彼の上にまたがった。淫魔の影響のせいにすることもできたけれど、それはもう完全に抜けたと確信していた。これはわたし自身の欲望。彼をもっと感じたくて――

「っ……、くっ……」

ゆっくり腰を落とすと、熱を帯びた彼自身が中に入ってきた。位置がまずいのか、別の理由からか、少し痛いと感じたけれど、もう少しがんばってみようとも思った。

「あふっ……」

息を吐きながら、腰をより低く落としていくと、突然、わたしの身体の奥が別の生き物みたいに激しく戦慄《わなな》いた。下になった彼が、あうっと声をあげる。びっくりして、わたしは反射的に腰を浮かせ、密着を解いた。ロブとはこんなこと、一度もなかった。

「いったい……これはなんの魔法？」

戸惑いから独り言のようにつぶやくと、

「こっちが訊《き》きたい」

うめくように彼は言い、ポジションを変えて、わたしの上に覆いかぶさってきた。

見下ろされるだけで、甘い慄《おのの》きが身体を走る。ヨーロッパ風の豪華な寝室の壁には、彼の影が濃く投影されている。まるで古城に住むお姫さまになって、夢魔に犯されようとしているみたい。

そんな思いが表情に出ていたんだろうか、彼が小さな吐息を洩らした。

「そういう顔をするから……」

そのあとなんと続いたのか、残念ながらわたしには聞き取れなかった。彼はわたしのシャツとブラを脱がせると、両手で腰をつかんで荒々しく入ってきた。

「くっ、あっ」

のたうつわたしを強く押さえこみ、激しく腰を使い出す。嵐の中に投げこまれたような気分。怖いけれど、それだけじゃない。いやなわけじゃない。

わたしもいっしょに腰を動かすと、快感はさらに強まった。それにつれ、放つ声もどんどん大きくなっていき、止まらなくなる。

こういう感覚は知らない。ロブは嫌悪しか教えてくれなかった。

いかにもな嬌声《きょうせい》が恥ずかしくなり、わたしは横を向いて枕に顔を押しつけ、声を殺そうとした。けれど、彼の手がわたしの頰を包みこんで、正面を向かせる。そして、キスをされた。息が詰まりそうなくらい、深いキス。むさぼられているような。

「ん、ふっ、んっ」

ため息をこぼした口内に、彼の舌が侵入してくる。わたしも積極的に応じた。唾《つば》があふれて、唇の端からはしたなく伝い落ちると、彼はそれをキスしながら指先でぬぐってくれた。そんな些細《ささい》なことさえも、わたしの欲情をいっそうかきたてていく。

彼はわたしの膝裏をつかんで、より大きく脚を広げさせると、ぐっと深くに身を沈めてきた。もたらされた刺激の強さに、思わずのけぞる。彼はいったん腰をひいたけれど、完全には離れず、より深く貫《つらぬ》いてきた。

それが何度もくり返される。そのたびに、わたしの身体はびくんびくんと反応した。じっとしていられなくて、なめらかなシーツを爪先《つまさき》でつかんでは離した。淫らな声もたて続けに放った。

大きなベッドがぎしぎしと軋《きし》む。互いの肉がぶつかり合う音と、淫猥《いんわい》な湿った音とが混じり合う。奥まで熱く濡れそぼって、ぐちゃぐちゃになっているんだと、いやでもわかる響き。わたしが、こんなふうになる、なんて。

「あ、もう……！　はあっ……！」

背中が弓なりに反《そ》り、下肢が突っ張る。放つ声は、もう息だけで音にはなっていない。細かな痙攣《けいれん》が全身を駆け抜ける。数瞬、呼吸もできなくなる。

ほとんど同時に、彼も達していた。快楽ではなく苦痛に苛《さいな》まれるような顔をして息を吐くと、彼はわたしの上に身を重ねてきた。

相手の呼吸と鼓動と重み。それらを密接に感じながら、わたしは心地よい虚脱感にひたっていた。しばらくは、そうしていたかったのに――

彼はけだるそうに身を起こした。乱れた金髪を掻きあげながら、ベッドの端に足を降ろす。黒いシャツの背中には、ぐしゃぐしゃに皺《しわ》が寄っている。手をのばして、その背に触れたいのに、わたしの身体は動かない。

彼はサイドボードの引き出しをあけると奥から何かを取り出し、スタンドの下に置いた。小さなそれは、アンティークの香水壜のように見えた。

「これをあげよう。念のために」

何が『念のため』なのか、わたしにはわからなかったが、彼は構わずに続けた。

「それから、悪いことは言わない。ハロウィンの前にこの街を出るんだ」

「なぜ……？」

「それは言えない。知らないほうがいい」

「あの怪物と……淫魔と関係があるの？」

彼は答えない。わたしは別の質問をしてみた。

「あなたは魔法使いなの？」

くすっと彼が笑った。

「魔法使い？　おとぎ話みたいだな」

「だって……」

「魔導師とでも言ってくれ。とある組織に属している。もう何百年も続いている秘密の組織にね。譬《たと》えて言うなら、薔薇《ばら》十字やイルミナティ、〈黄金の夜明け《ゴールデン・ドーン》〉みたいな……」

「映画みたい」

「ああ、そうだな。映画みたいに荒唐無稽《こうとうむけい》だ。だから、信じなくてもいい」

でも、荒唐無稽なものなら、わたしは七階の廊下で今夜、すでに出くわしている。

「信じる。だって、怪物に襲われそうになったし、リビングの魔方陣も見たし――」

「見たのか」

彼の声が瞬時にきつくなった。振り返ってわたしに向けた目も、別人みたいに厳しい。

ぞくりと悪寒がわたしの背中を走った。そういえば――

「もしかして……あの怪物は、あなたがリビングの魔法陣で呼び出したの？」

「だとしたら？」

だとしたら、どうなるのだろう。

アパートの一室で秘かに魔物を呼び出す、秘密結社の魔導師。もうすぐやってくるハロウィンへの警告。なんだか、ひどくダークな感じがする。彼は善《よ》い魔法使いではないのかもしれない。だとしたら……。

「こういう場合、秘密を知った部外者は消されてしまうんじゃない？」

「ああ、そうだな」

冗談とも思えない口調で彼は言う。わたしは、急に残酷な翳《かげ》りを帯びたブルーグリーンの瞳を、ただみつめ返すだけ。

彼は視線を合わせたまま、わたしに顔を寄せてきた。体重移動でベッドが小さく軋む。しばしの沈黙のあと――彼はひどくかすれた声でつぶやいた。

「命乞《ご》いをしてみるか？」

「……どうやって？」

「キスで」

少し考えてから、わたしはおずおずと彼の顎《あご》先に唇を押しつけた。見た目にはほとんどわからなかったけれど、唇にあたる感触はざらついている。少しずつ唇の位置をずらしながらも、彼の唇には重ねてやらない。その代わり、わたしは頬や鼻に軽くキスをしながら、彼の黒いシャツに両手をかけて脱がせてやった。これでようやく、わたしたち、互いに裸になれた。

彼は低くうめくと、わたしを強く抱きしめ、まるで印《しるし》を刻むかのように強く唇を重ねてきた。

◇　◇

再び求め合ったあとの深い眠りから醒めると、ベッドの上にもう彼はいなかった。すぐに探したけれど、最上階の部屋のどこにも。

それだけではなく、リビングの床に描かれていた魔法陣も、机の上に積みあがっていた書籍や羊皮紙の巻物も、きれいさっぱり消えていた。部外者に秘密を知られたから、すべてはなかったことにされてしまったのだ。あのキスも、愛撫《あいぶ》も。

さんざん大泣きしたあとで、わたしはやっとベッドサイドに残されたガラスの小壜に気がついた。ハロウィンの前に街を出ろとの警告も、たぶんまだ生きているんだろうなと思った。

けれど、わたしはそれに従わなかった。十月の最後の夜がめぐってくるのを、この街でずっと待っていた。また彼に逢えるかもしれないと、一縷《いちる》の望みを託して。

そして、このていたらく。ていたらくだ。

街は完全に死に支配されていた。どこへ行っても、無残な……淫魔に喰われた残骸しか見当たらない。わたし自身、何度も淫魔に遭遇したが、そのたびに小壜の中身を撒《ま》いて難を逃れた。これがなかったら、わたしもやつらの餌食《えじき》になっていたに違いない。

疲れた身体をひきずって街をさまようちに、わたしは教会の前にたどりついた。もしかしたら、あそこなら怪物も入ってこられないんじゃないかと、ふと思う。吸血鬼が十字架を怖がるように、魔法で呼び出された怪物は神の御座所を怖がるんじゃないかしらと。

少しでいいから休みたかった。正面の扉は閉まっていたけれど、幸い、建物脇の通用出口には鍵がかかっていなかった。わたしはつらい長旅の果てにやっと宿をみつけた旅人になった心地で、教会の中へと避難した。

ステンドガラスで飾られた聖堂には誰もおらず、荒らされた形跡もない。わたしは木製ベンチの間を進み、祭壇の前に立つと、十字架にかかったキリスト像を見上げつつ両手を組んだ。

懺悔《ざんげ》しなくてはならないことが多すぎた。今日という日が来る前に、彼のことを誰かに話していたら、この惨劇は避けられたかもしれない……。そんな思いが、いくらぬぐっても消えない。

でも、彼を裏切ることもできなくて。悪い魔法使いだとわかってもなお、わたしは彼が恋しかった。

「ごめんなさい、神さま……」

ひと言、そうつぶやいた途端、いままで抑えてきた感情がこみあげてきた。わたしは震える声で訴えた。

「お願いします、助けてください。助けてください、神さま」

けれども、罪人の告解《こっかい》に対し、十字架の上の主《しゅ》は何も言ってくださらない。聖母マリアも腕に抱いた幼子イエスに微笑みかけるだけ。テンペラ画の聖人たちは、露骨に視線をそらしている。誰も助けてくれない。誰も。当たり前だ。わたしは罰されて当然だ。

おのれの罪深さに耐えきれなくなり、わたしは思わず大声で叫んだ。

「マティアス！」

街をこんなふうにした元凶でもある彼の名が、アーチ状にのびた天井にこだまする。

「マティアス、助けて、マティアス！」

――反響の余韻《よいん》が消えていくと、虚《むな》しさは余計に増してしまった。

もう彼はこの街にいないのかもしれない、なんて思う。魔方陣を描いて、異界から怪物たちを召喚して、地獄をこの世に再現させて、それで用は済んだとばかりに立ち去って。

わたしのことなんか、きっと思い出しもしなかったろう。だから、怪物だらけの街をいくら捜し歩いたところで徒労にすぎなくて、何もかもがわたしのひとり芝居で……。

いきなり、聖堂の扉が大きな音をたてて開いた。はじかれたように振り返ったと同時に、窓のひとつが割れて、ガラスの破片がばらばらと床にこぼれ落ちる。開いた扉と壊れた窓から、六本脚の肉色の淫魔が何体も侵入してくる。さっき、激情のままに放った叫びを聞かれてしまったのかもしれない。

わたしはすぐさま小壜を取り出し、中身を床に振りまいた。けれど……ほんの数滴が床にこぼれただけ。相手が一、二体なら、この程度でも退散してくれただろう。しかし、聖堂に侵入してきた淫魔は、十体近くはいる。

わたしは祭壇が置かれた内陣に、咄嗟《とっさ》に駆けあがった。一段高いところから見廻しても、逃げ場はみつけられそうにない。そうしている間にも、怪物の群れは内陣に近づいてくる。小壜のエッセンスが落ちたあたりを大きく迂回《うかい》し、整然と並べられたベンチを乗り越えて、確実に迫ってくる。

もうだめかもしれないと思ったそのとき、開いたままの入り口から、人影が現れた。

黒いコートがマントのように翻《ひるがえ》っている。短い金髪は白く輝いているように見える。そして、彼が突き出した右手は、実際に緑の光に包まれていた。光の中心である手のひらには、美しい曲線で構成されたアラベスクが浮かびあがっている。

次の瞬間、緑の光が膨れあがり、聖堂全体を満たした。光を浴びて、淫魔たちは口々に悲鳴をあげ倒れていく。あまりのまぶしさに、わたしも目を閉じた。とてもあけてはいられなかった。

まぶたの裏にまで侵食してくる光。耳を打つのは、怪物たちの断末魔の声。まるで、この世の終わりを迎えたみたい。なのに、わたしは恐怖ではなく歓喜に震えていた。

彼が来てくれた。来てくれた。――まさか、わたしが呼んだから？

再び目をあけると、淫魔はすべて、ベンチの合い間や通路に倒れ、脚を縮こまらせていた。しゅうしゅうと、早くも融け始めているものもいる。

怪物たちに滅びをもたらした死の天使――マティアスは、黒いコートの裾《すそ》をなびかせながら、大またで近づいてきた。彼の靴音が聖堂内に高く響き渡る。内陣に上がってくるなり、彼はいきなりわたしを怒鳴りつけた。

「なぜ、街を出なかった」

激しい語調に、わたしはすくみあがった。せっかく再会できたのに、どうして彼はこんな怖い顔をするんだろう。

怒鳴るだけでなく、彼はバンと右手を祭壇に叩《たた》きつけた。その手にはもうアラベスクは見えない。緑の光も失われてしまった。けれど、彼の瞳は視線でわたしを焼き殺してしまえそうなほど、ぎらついている。

「言ったはずだぞ。ハロウィンの前に街を出ろと」

「……それは街がこんなふうになるって知っていたから？」

「ああ、そうだ」

「淫魔をあんなにたくさん呼び出したのは、あなたやあなたの仲間たち？」

「ああ、そうだとも」

「どうして」

腹立たしげに顔をしかめると、彼は一気にしゃべった。

「力を得るため。その力を内外にみせつけるため。組織の有利に事を運ぶため。混乱に乗じての、不穏分子の粛清《しゆくせい》と敵の抹殺《まつさつ》。その全部だ。仕方がない。この街は吟味《ぎんみ》のすえに生贄《いけにえ》に選ばれた。立地から何から、条件が整いすぎた。事を起こすに、これ以上ないくらい絶好の機会だった」

……もしかして、実は彼は善い魔法使いで、魔物がこちら側に侵入するのを阻止しようと努力していたのかもと、ほんの少しだけ夢見ていた。だが、その期待はもろくも打ち破られた。

唇を噛んで下を向いたわたしの腕を、彼はぐっと強く握った。

「いまからでも遅くない。安全なところまで連れていってやるから――」

わたしはその腕を振りほどき、頭を激しく振った。

「わたし……わたしは……」

胸が苦しい。声が裏返る。頭の芯は羞恥でカッと熱くなる。でも、言わないと。

「あなたのことが好きで……だから……」

言わないと、今度こそもう二度と逢えなくなる。

「……離れたくない……」

教会の中が、しんと静まり返ったような気がした。彼がなんと思ったか知るのが怖くて、わたしは相手の胸もとだけをみつめていた。コートの中の服も黒一色。あの夜と同じ。わたしの黒衣天使。

彼はわたしの顎をつかむと顔を上げさせ、視線を無理やり合わせてきた。ブルーグリーンの瞳は、わたしを用心深く探っている。

「保身のための嘘ではないと、どうしてわかる？」

「そんな」

傷つき涙ぐむと、彼はわたしの顎から手を放し、疲れたようにかぶりを振った。間近で揺れる金色の髪は、細い金糸《きんし》で編んだ冠のよう。こんなときだというのに見とれてしまう。

「ああ。嘘じゃないのは知っている。きみがわたしを呼ぶ声は、いつでも聞こえていた。……夜になると、ときどき呼んでいただろう？　泣きじゃくりながら」

ふうっと、彼は天井を仰いで大きなため息をついた。

「かなりの誘惑だったぞ。そのたびに、飛んでいって抱きしめたくなった」

「そうしてくれれば、よかったのに……」

ここにたどり着くまでの恐怖を思い返しただけで、涙が自然にこぼれ落ちる。どうしようもなく身体が震える。彼はそんなわたしを抱き寄せると、

「だから、こうして来たんだ」

そう言って、唇を重ねてきた。膝から力が抜けそうになったわたしを祭壇に押しつけて覆いかぶさり、目がくらむようなキスをする。神の御前《みまえ》だというのに。

でも、わたしもここが教会だということを忘れて、彼の背中に手を廻していた。飢えを満たすように、その温かみを求めてしがみついた。

長く情熱的なキスの果てに唇を離すと、彼はわたしを胸に抱いたまま、ささやいた。

「来るか？　わたしと」

わたしは彼の胸に頭を押しつけてうなずいた。

「わたしが非道極まりない妖術師でも？」

迷わず、うなずく。その直後、倒れたベンチの陰から淫魔が一体、飛び出してきた。

わたしは悲鳴をあげかけたが、マティアスは淫魔を一顧《いっこ》だにせずに右手を上げ、指をパチンと鳴らした。乾いた音とともに緑の閃光がほとばしり、淫魔は光の矢に射られたかのように後ろへ倒れこんだ。

ぐっ、ぐっ、とうめき声をあげつつ、淫魔は融けていく。その間、彼は眉ひとつ動かさなかった。悪い魔法使いの冷徹な横顔に、わたしはますます魅せられてしまう。

彼はふいにわたしを抱きあげると、十字架に背を向け、扉に向かって歩き出した。靴音が前以上に大きく聖堂内に響く。まるで世界中に挑戦しているかのように。

わたしは彼の首に両腕をしっかりと廻して、目を閉じた。テンペラ画の聖人たちがあきれ顔で見送っている気がしたけれど――そんなこと、もうどうでもよかった。

たとえこの世のすべてに叛《そむ》こうと、もう離れはしないと、わたしは心に強く誓っていた。

【初出一覧】

『海の香り』……書き下ろし

猟奇なラストと翌朝のさわやか海風ラストとで迷った。ホラーの場合、そこは読者の想像に任せるという選択もありなのかなと思い、あえてぶったぎってみた。

『廃団地探検隊』……書き下ろし

いったん提出したあとで、少年が一夜の冒険を懐かしく回想するだけのラストに「ほっこりしすぎかな？」と思って書き直したら、ますますほっこりしてしまった。

『小さな生き物』……小説ＮＯＮ　２０００年６月号（瀬川ことび名義）

原稿依頼時に編集さんに「お笑い要素はいりませんから」と言われて戸惑った記憶が。

『心配しないで』……小説ＮＯＮ　２００１年６月号（瀬川ことび名義）

今回、ほのかに百合要素をプラス。

『わたしのお人形』……雑誌Ｃｏｂａｌｔ　２００８年６月号
　アンティークドールにも量産型があると知った瞬間、量産型ザクのように銃を構えて宇宙空間に浮かぶ大量のビスクドールの図が脳裏に浮かび、「あ、人形でなんか書けそう」と思ったのがきっかけだった。
『わたしのお人形　その後』……書き下ろし
　その後も元気に暮らしているようで何より。
『インフェルノ～呪われた夜～』……雑誌Ｃｏｂａｌｔ　２００９年11月号（黒瀬川貴次名義）
　今回、ロブの始末をつけられてよかった、よかった。こういうテイストのものも、機会があればまた書きたい。

※この作品はフィクションです。実在の人物・団体・事件などにはいっさい関係ありません。

集英社オレンジ文庫をお買い上げいただき、ありがとうございます。
ご意見・ご感想をお待ちしております。

●あて先
〒101-8050　東京都千代田区一ツ橋2-5-10
集英社オレンジ文庫編集部 気付
瀬川貴次先生

わたしのお人形

怪奇短篇集

集英社
オレンジ文庫

2020年7月22日　第1刷発行

著　者　瀬川貴次
発行者　北畠輝幸
発行所　株式会社集英社
〒101-8050東京都千代田区一ツ橋2-5-10
電話【編集部】03-3230-6352
【読者係】03-3230-6080
【販売部】03-3230-6393（書店専用）
印刷所　株式会社美松堂／中央精版印刷株式会社

※定価はカバーに表示してあります

ISBN 978-4-08-680331-1 C0193